ÁLVARO MUTIS

LA MUERTE
DEL ESTRATEGA

ÁLVARO MUTIS

LA MUERTE
DEL ESTRATEGA

Y TRES CONVERSACIONES CON JULIÁN MEZA

DGE | EQUILIBRISTA
FONDO DE CULTURA ECONÓMICA
UNIVERSIDAD NACIONAL AUTÓNOMA DE MÉXICO

MÉXICO, MMVII

Primera edición, 2007
Primera edición de *La muerte del estratega*, 1985 (Procultura); Segunda
   edición, 1988 (FCE)

Coedición: DGE Ediciones S.A. de C.V. / Fondo de Cultura
         Económica / Universidad Nacional Autónoma de México

Por la presente edición:
DR © DGE Ediciones S.A. de C.V.
      Yucatán núm. 190, Col. Tizapán San Ángel,
      01090, México, D.F.
      www.dgeequilibrista.com

DR © Fondo de Cultura Económica
      Carretera Picacho-Ajusco 227, Col. Bosques del Pedregal
      14200, México, D.F.
      www.fondodeculturaeconomica.com

DR © Universidad Nacional Autónoma de México
      Ciudad Universitaria, 04510, México D.F.
      Dirección General de Publicaciones
      y Fomento Editorial
      www.libros.unam.mx

© Por los textos: los autores
Portada: detalle del fresco de los *Santos Caballeros*, Monasterio de San
         Antonio (Egipto). Fotografía de IFAO, El Cairo.

Edición: DGE | Equilibrista
Producción: Dirección General de Publicaciones
            y Fomento Editorial / UNAM
Transcripción de las entrevistas: María Esther Sedano
Corrección: Mauricio López Noriega

ISBN: 978-968-5011-93-8 (DGE Ediciones S.A. de C.V.)
ISBN: 978-968-16-8525-6 (FCE)
ISBN: 978-970-32-5120-9 (UNAM)

Impreso en México/*Printed in Mexico*

CONTENIDO

ELOGIO DE LA AMISTAD

Álvaro Mutis es la persona más liberal que conozco, en la acepción original de esta palabra. Un día, tras una de las magníficas conversaciones con que me obsequia con frecuencia, me regaló el disco producido por el Fondo de Cultura Económica donde lee en voz alta su, para mí, obra cumbre: *La muerte del estratega*. Yo había leído este relato hace ya algún tiempo, pero escucharlo de su creador me produjo una sensación única: mi identificación con Álvaro fue total. No diré ahora por qué, pues en parte, es el sentido de nuestra conversación. Antes de nuestra charla, en periódico intercambio de opiniones, habíamos coincidido prácticamente en todo. Me parece que nuestra conversación en torno a *La muerte del estratega* da cuenta de estas convergencias que son la confirmación de nuestra amistad y, además, la evocación de esos "ríos secretos e inmemoriales que convergen" (Borges) en nosotros.

Es prácticamente imposible tener amigos en un mundo individualista, hecho de supuestas competencias y excelencias, sobre todo académicas y profesionales. He tenido la fortuna de hallar reductos de la amistad que me remiten al universo politeísta. Ignoro por qué el destino me deparó esta fortuna pero trato de vivirla sin pensar demasiado en ella. Quizá lo único que a menudo llego a imaginar es que nuestros orígenes son los mismos: el mundo mediterráneo creado y recreado por los dioses del Olimpo, sus pares de Roma y los héroes de Bizancio.

En algunos momentos de estas conversaciones afirmo que *La muerte del estratega* es un poema. Esta idea me la dictó Mallarmé, cuando afirma que la prosa no existe y que todo es verso más o menos reconocible; poco después añade que hay verso cuando se acentúan la dicción y el ritmo desde el momento en que hay estilo. En *La muerte del estratega* son reconocibles verso y estilo: en el mundo de hoy no es frecuente, la prosa es definitivamente prosaica.

Julián Meza

PRIMERA CONVERSACIÓN

Julián Meza: *Empecemos por el principio: ¿de dónde viene la idea de* La muerte del estratega? *¿En dónde nació Alar el Ilirio?*

Álvaro Mutis: Sí, de lo primero que vamos a conversar es de Bizancio y del nacimiento de Alar el Ilirio. Yo he tenido una debilidad y un interés muy grande por Bizancio, que es una civilización heredera de lo griego y de lo eslavo, cuya ubicación es, además, una clave. Piensa nada más en esto, imagina esta fantasía: si los bizantinos hubieran logrado sus sueños y hubieran puesto el centro del cristianismo al borde del islam, todo el esquema de Occidente habría cambiado. Es difícil decir cómo habría sido, pero este afán que siempre tuvieron ellos de meditar, de razonar, de discutir, es griego; aunado a ello, el afán de soñar y de vivir locuras únicas, porque la historia de Bizancio es una historia de locos. Esos emperadores bizantinos que acababan en un monasterio con la lengua y los oídos cortados, después de haber tenido todo el poder en sus manos, son cosa delirante y fascinadora a un tiempo. Hubo un momento en que eso quedó pendiente. Entré en Lecumberri, pasé ahí dieciséis meses, un año largo, y fue la experiencia de una realidad dura, brutal, inmediata, de contacto con los hombres que están en la recta final.

¿Es lo que cuentas en el Diario de Lecumberri?

Exactamente. Personas a las que preguntas: "oye, ¿pero cuánto te dieron de sentencia?" "Doce años —te responden— pero ya llevo tres o siete años aquí", y lo viven como una cosa interminable, como el final de la vida. Entonces empiezan a vivir *otra* vida. Eso me hizo generar siete novelas, escribir de tal manera que me dije: "no voy a escribir sobre eso directamente, pero sí sobre la experiencia de haberlo vivido". Y empecé con *La muerte del estratega* en la cárcel. La terminé y salí.

¿La terminaste ahí?

La primera versión.

El borrador.

Sí. Yo sabía que no estaba bien porque había errores históricos; sin embargo, algunos de ellos se conservan porque los necesitaba, como la presencia de la emperatriz Irene y, simultáneamente, una serie de hechos que son posteriores a Irene.

O anteriores.

Ajá. Entonces, llegué a casa y se desbarató mi primer matrimonio, que había intentado rehacer con mis tres hijos, María Cristina, Santiago y Jorge Manuel, que había nacido estando yo en la cárcel. Unos meses después tomé el original y dije: "no". Lo volví a hacer; me senté y escribí. Al releerlo me di cuenta de que había puesto una cantidad de cosas muy personales, no tanto íntimas, sino una visión del mundo: de la gente, del hombre, del destino que tenemos aquí en la tierra, de la muerte, que era la mía.

A mí me parece indiscutible por muchas razones que Ilirio eres tú.

De eso me di cuenta cuando puse el disco que me regalaron en el Fondo de Cultura. Un día dije: "¡voy a oírlo!" Y al empezar, pensé: "¡por Dios, claro que sí!" Treinta, cuarenta años después dije: "¡sí, es así!"

La idea de esta conversación es que sea una charla entre dos escépticos que en modo alguno aparentan no creer, contrariamente a lo que dice el diccionario. El escéptico es el que afecta no creer en muchas cosas, pero me parece que tu libro es de una riqueza extraordinaria, no simulas nada, y tomarlo como pretexto para charlar contigo no es afectar algo. Creo que cuando la gente habla de tus libros se remite casi ex-

clusivamente a la saga de Maqroll. Álvaro es la saga de Maqroll.

Es *La nieve del almirante*.

También me parece que la gente sólo lo percibe como un libro de aventuras y nada más; sin embargo, me da la impresión de que esa saga extraordinaria es superior a siete libros de aventuras, va más lejos. En esa extensa obra hay muchas ideas tuyas sobre lo que yo llamo la aventura de vivir, que se pone por delante de los lances de Maqroll: el suicidio, la muerte, el amor. Creo que en Maqroll hay toda una concepción del mundo. Desde antes estuve convencido de ello. Pienso en la "Oración de Maqroll".

Sí, está en la poesía, desde luego.

Que para mí equivale a la "Oración sobre la Acrópolis" de Renan.

De acuerdo.

Me parece que esas dos obras son de la misma familia; sin embargo, creo también que muchos de tus lectores, acostumbrados a las lecturas fáciles debido al supermercado del libro del que tanto hemos hablado, se quedan en la anécdota de Maqroll y no se aventuran por otros territorios que hay en tus relatos. Maqroll es una obra redonda más allá de sus aventuras: insisto, es toda una concepción de la vida, del mundo, de la muerte, del amor, de la aventura misma.

Estoy totalmente de acuerdo, hay algo más. Siempre me ha molestado y trato de refutar el hecho de que hablen de "Las aventuras de Maqroll", como querían ponerle de título al libro. No son aventuras, son cosas que le pasan, no las está buscando, Maqroll no busca nada.

Le ocurren.
Sí, pero de pronto me dicen que no, porque hay unos árboles y unos...

...maderos, el aserradero.
Y es cierto, pero no es como una aventura.

Es para ver, para enterarse.
Sí, para sentir algo.

Me parece que en Ilona llega con la lluvia *es igual. Tampoco se planea una aventura. A Maqroll le empiezan a ocurrir una serie de cosas que lo van llevando paulatinamente a algo que no está buscando.*
Estoy de acuerdo.

A veces oigo decir "el poeta Mutis", pero en general se habla del novelista Mutis.
Porque la novela circula más.

Pero rara vez se remiten a tu poesía. Te confieren el título de caballero de la orden de los poetas, pero ignoran tus hechos de armas en el territorio de la poesía. Creo que el común de los lectores es de una gran ignorancia. Además, tu poesía —sigo en esto a Mallarmé— es mucho más amplia, incluye otros textos cuya importancia me parece fundamental. Estoy de acuerdo con Mallarmé en que la prosa es poesía.

¡Pero claro! Yo tengo todo un libro prácticamente de prosa, que no es *Los emisarios*, sino el otro.

La nieve del almirante, que es poesía: una prosa que es poesía, justo según la idea de Mallarmé.

Sí. Por eso el día que me llegó la versión en francés de mi poema en prosa "La nieve del almirante", me dije: "un momento, esto no es un poema en prosa, esto es un pedazo de una novela. Vamos a ver, ¿de dónde viene esto, qué pasó, a dónde van?", y entonces escribí *La nieve del almirante*. Pero, de todas maneras, salió de un poema en prosa.

La nieve del almirante *es "poesía".*
Sí.

Yo creo que, si esto es claro en La nieve del almirante, *es todavía más evidente en* La muerte del estratega. *Es poesía absoluta, un auténtico poema. Uno lo puede oír, o leer como prosa, pero cuando se te oye decirlo ya no se escucha prosa, sino poesía.*

A mí me pasó lo mismo cuando me oí.

Es un poema porque es un auténtico relato en el sentido griego de la palabra; un mito magnífico. Yo te escuché después de haberlo leído, hace algún tiempo. Lo hice de nuevo y me dije: "Julián, lo leíste como un relato nada más, pero esto no es un relato". Me parece que es, esencialmente, uno de tus grandes poemas, y casi me atrevería a decir que es tu gran poema.

Yo quedé muy satisfecho conmigo mismo, sin pensar en…

…los lectores.

De acuerdo.

Me parece tu obra capital. Algo así como tu herencia literaria, el legado para las futuras generaciones, si eso existe, ya que ni las actuales conocen al Ilirio. Y en este punto vuelvo a una pregunta, que de hecho ya respondiste en parte, pero no totalmente. Desde antes de conocerte siempre me había preguntado por qué Bizancio ejerce en ti una atracción tan poderosa. ¿De dónde viene este atractivo tan único, en particular para un escritor latinoamericano, dado que en su gran mayoría son definitivamente municipales?

No me lo he podido explicar a mí mismo y termino pensando que tengo algo de bizantino.

Mucho.

Hay quienes dicen que Bizancio es un cruce de caminos. ¡Momento, no lo es en absoluto!

Es una confluencia.

Sí, en la que se crea un imperio completo con una gran organicidad. Si vas a Istambul, perdona, a Constantinopla, o a varias pequeñas ciudades de los alrededores, entras en una iglesia bizantina y ves los frescos, piensas: esto tiene una unidad, una presencia tan fuerte como la griega, la romana o la germana.

La del sacro imperio germánico.

Que es otra de mis pasiones. Hay una fascinación en Bizancio: es la violencia que se genera en un pueblo y en un gobierno inteligentísimos, vecinos del islam, con los germanos y francos al otro lado. Me hechiza. Otra cosa que me cautiva es lo que está reflejado en la pintura bizantina. Si recorres las áreas de Santa Sofía, ¡por Dios!, el segundo piso...

La parte que permanece de los mosaicos, allá arriba, es impresionante y sólo queda un fragmento.

¡Nada! ¡Casi nada! Y qué me dices de Sant'Apollinare in Clase y de esas ciudades italianas al borde del Adriático.

O Santa Maria in Trastevere.
     ¿Qué tal? Ahí yo lloré.

Es siempre de llorar cada vez que uno penetra en ese lugar.
     Pues lo hice.

Te imagino perfectamente entrando por primera vez en Santa Maria in Trastevere.
     ¡Por Dios!

Al decirme esto me has recordado todas estas imágenes bizantinas, desde Constantinopla hasta Roma, esas pequeñas ciudades italianas, pero tu atracción por el mundo bizantino es anterior.
     Te voy a mostrar un libro, regalo un amigo, que leí a los veintiuno o veintidós años. Mira, *Figures Byzantines*, de Charles Diehl, un bizantinista admirable.

¿Tres tomos? Para ti fue un libro clave.
     Sí, fue cuando dije: "¡esto es lo mío!" Mira la edición de Armand Collin.

Es de 1921. Aquí está la emperatriz Irene en el primer capítulo: la vida de una emperatriz en Bizancio.
Estaba fascinado por razones que ni siquiera me he puesto a examinar.

Y es la edición original, el libro que leíste primeramente.

Claro que sí. Me lo regaló un amigo sabio, extraordinario: Nicolás Gómez Dávila, un lejano pariente mío que leía muchísimo; se trataba de un hombre, caso muy curioso en alguien inmensamente rico, de una cultura absoluta. Y quedé prendado, Julián, engarzado con todo lo que se refiere a Bizancio.

Una cosa que me llama poderosamente la atención: ¿cómo es posible mantener o conservar esta fidelidad a Bizancio en un mundo dominado por atracciones tan vulgares como la política, la ideología y tantos otros lugares comunes?

Justamente todos esos supuestos elementos del mundo jamás me han interesado; yo no leo periódicos ni veo televisión. He trabajado en esos medios directamente y he tenido que hacerlo porque nunca he vivido de mis libros ni de mi vocación literaria. Me he ganado el pan con cosas que no tienen nada que ver con eso. He sido jefe de relaciones públicas de una línea aérea, de una compañía de seguros, de una agencia de publicidad, en fin.

Lo rozaste permanentemente durante muchos años.

Pero no me dice nada. La política, por ejemplo, no me dice nada. Ya dije en alguna parte que el único hecho político que me interesa es..., no me acuerdo, ¡ah, un momento!: la caída de Bizancio.

Sin lugar a dudas, todas estas cosas tan vulgares como la política, la ideología, el nacionalismo, no son comparables con este gran acontecimiento que es más que un hecho político. La caída de Bizancio. Se me acaba de ocurrir preguntarte: ¿por qué se dice "discusiones bizantinas"?

Porque les encantaba; lo tomaron de los griegos. Se trata de discutir hasta lograr que la verdad del otro se vuelva polvo, o de encontrar razones para que la tuya subsista. Ya no existe, nadie lo hace. Las discusiones bizantinas no tienen fin.

Son tan interminables como nuestros gobernantes.

También en teología y en política.

Política, filosofía.

Claro, el derecho, la filosofía... Ni hablar.

Me imagino que las discusiones sobre las imágenes que mencionas eran también interminables controversias acerca del sí o el no a las imágenes, de representar o no hacerlo, pero se me ocurre que al mismo tiempo la figuración va mucho más lejos, justo en lo que decíamos acerca de los mosaicos. Es decir, toda esta idea del Cristo Pantocrátor, que es extraordinaria. Precisamente uno de los más maravillosos que conozco es el de Santa Maria in Trastevere. ¡Qué cosa más impresionante!

Pero volvamos a lo anterior. Realmente Bizancio se volvió para mí el último hecho histórico, mejor, el último episodio histórico en el que me siento envuelto. Después todo me importa un comino.

¿Por qué esa elección, por qué ese final del siglo VIII? ¿Por qué situar tu poema La muerte del estratega *al final de ese siglo?*

Ahí estuvo la última posibilidad; después comienza lo que estamos viviendo. Los señores Berlusconi nacieron entonces; y el señor Pinochet, Aznar, Blair, Bush, Putin y todos esos señores, occidentales, asiáticos o latinoamericanos, dueños de la política actual. Todo eso nació entonces. Y no es que los emperadores bizantinos fueran unos santos; entre otras cosas, sabían que exponían el cogote. No podían matarlos, pero como ya te dije, les cortaban la lengua, las orejas, les sacaban los ojos y los mandaban a un monasterio. No dejaban los cargos políticos y se volvían unos civiles cualquiera, no. En ese siglo...

...se acabó todo.

Ahí termina.

Me preguntaba por qué en tiempos de la augusta Irene, pero entonces se efectúa el concilio de Nicea.

Claro.

Tan pródigo en canonizaciones que me recuerda un poco la situación actual, tan generosa en ellas.

Para tapar huecos.

Y se excluye a Alar. El Ilirio es el no canonizado en ese concierto de santificaciones.

Así es.

Es curioso que en tiempos de los romanos la ciudad de Bitinia, en donde tú sitúas a Alar, haya sido célebre por sus fiestas dionisíacas y no por la iconoclastia.

No.

Así observado el contexto, me parece que das lugar a una paradoja.

Sí, sí, pero...

Y subrayas esta caída, que no es sólo la de Bizancio, sino la de un mundo que representó una alternativa frente a todo lo que iba a venir después.

Un mundo en donde se tenía afecto por la vida. Después todo es muerte, mi querido Julián. No es pesimismo ni nada por el estilo.

No, y por eso dije al principio que este es un diálogo entre escépticos, en el mejor sentido de la palabra.

Hay una cosa que le oí decir a Jomí García Ascot. Había oído en alguna parte que *optimista* es aquel a quien no le han dado todos los datos.

Claro, y aquí tú los tienes todos.

Todos.

Ya más específicamente, ¿de dónde surge en ti la idea de Alar el Ilirio? Es decir, ¿por qué ese artista en la dirección de lo militar —que sin lugar a dudas nos remite a los héroes homéricos— está en una región perdida del imperio, en esa frontera?

Esa región dio los mejores soldados, primero; segundo, es una región muy bizantina, escondida, perdida.

En la frontera con Bulgaria. Muy arriba, ¿no? Pero el estratega no es sólo el estratega militar.

Strategós es también un cargo político, una especie de ministro de guerra, de secretario de guerra como dicen aquí, pero que obviamente tiene detrás siglos de confianza en el emperador y en el poder.

Alar no es sólo un estratega en la dirección de lo militar, que remite al mundo griego, sino en todas las direcciones. Un estratega de la reflexión en un mundo que ya empieza a ser de ciegas creencias; un hombre reflexivo en el tema del amor, cuando éste se encuentra subordinado a los intereses de Estado y a los económicos de los particulares, de la familia de Ana.

Los Alesi.

Exacto. Una de las tantas veces que he escuchado La muerte del estratega, *recordaba a aquel estratega ateniense, Nicias, que hizo aprender de memoria a su hijo la* Ilíada *y la* Odisea, *pero no porque el tuyo se parezca en ese sentido, sino porque de tanto escucharla voy a acabar por aprender de memoria esta obra de arte. Nadie me obliga a aprender de memoria esta narración, pero si llegara a ser así, sería un verdadero triunfo porque la memoria ya no es mi fuerte.*

Pues es una maravilla que de esa forma este texto encuentre un eco en ti; no siempre sucede.

Alar, según cuentas, fue educado por los neoplatónicos pero no es un místico.

No, pero esa tensión afectiva, espiritual, que crea el neoplatonismo hace un bien enorme sin que te embarques en el misticismo.

Me pregunto si el camino que lo lleva a perder la fe en el Cristo es la capacidad reflexiva de los filósofos griegos o la que tú le otorgas para observar críticamente las malas costumbres de la gente irredimible de su época.

Claro. La fe en el Cristo, siguiendo los pasos de los creyentes, es imposible.

Se trata de una especial capacidad que le permite ver y oír, pero no con los ojos y los oídos del cuerpo, sino de otra manera. Su percepción del mundo es completamente distinta. No es lo que mira, sino lo que percibe del mundo en esa época tremenda en la cual lo sitúas.

¡Sí! Totalmente de acuerdo.

Y lo que me encanta es que derivas: Alar es humano. Si siguiéramos a Nietzsche diríamos: demasiado humano.

Muy bien.

Es humano en su trato con la tropa.

Ah, claro. ¿Por qué? Porque él mismo es tropa, porque vive como soldado.

Al igual que Adriano.

No se les despega. O también como Julio César, otro buen ejemplo.

Extraordinario. Creo que hay mucho del Ilirio que viene de César, de Adriano.

Ahora quisiera hablarte de otro libro que fue importante para mí. Es la obra de alguien erudito en Bizancio, Salvador Miranda, que vivía cerca del convento de San Ángel. Se fue a Constantinopla, o Istambul, —cuando no dicen *Estambul*—, y en dos de sus libros reconstruyó los planos de las auténticas murallas de Constantinopla que los turcos arrasaron; encima construyeron casas y calles, vías y canales. Tú miras esos planos...

...y puedes ver Constantinopla.

Eso es. ¿Cómo lo hizo? Metiéndose en casas particulares, paso a paso. Lo que este hombre realizó es un trabajo gigantesco. Pues bien, su hija, Lola Miranda de Creel, se hizo amiga mía por medio de María Luisa Elío, y un día hablando de Bizancio me dijo: "Álvaro, ¿tienes algo que hacer mañana en la mañana?" Le respondí no, y contestó: "Paso por ti". ¿Para qué? Silencio. Pues pasó por mí y me llevó a casa de su padre. Una vez allí me dijo: "Álvaro, no se qué hacer con esta biblioteca". Empecé a recorrerla; había ahí clásicos europeos, desde luego: franceses, ingleses, españoles. Libros de historia. En fin, de todos los grandes historiadores.

¿Tú la heredaste?

Entonces me dijo: "Álvaro, llévate lo que quieras". Me llevé unas memorias napoleónicas y los dos tomos de Schlumberger. Rescaté la edición original del bizantinista Charles Diehl, que había dejado en Colombia.

La que te regalaron cuando empezó toda esta historia.

Sí, los tres tomos de Diehl y otras cosas. Algunos volúmenes más, pero no quise abusar.

Y había muchísimo sobre arte bizantino, sobre Bizancio.

Sí, sobre Bizancio. Él escribió su libro sobre las murallas y cuando llegué a Constantinopla —dejémonos de Istambul—, en barco, en el cual íbamos Gabo con su mujer y sus hijos y yo con mi mujer y nuestra hija, yo sabía ya que eso hay que verlo desde donde llegamos, primero que nada porque desde ahí ves las murallas que sobreviven al borde del mar.

En el cuerno de oro.

Justo allí.

En la parte del cuerno de oro que realmente era Constantinopla; no sé si del otro lado también lo era.

No lo creo. Del otro lado es Asia.

No tenía nada que ver.

Pero las murallas de adentro fueron arrasadas por los turcos. Y construyeron, centímetro a centímetro, eso que ahora está lleno de calles y camiones, automóviles y taxis.

El harem también debe de estar construido sobre parte de la muralla.

Sí, y se puede visitar.

Me imagino que en los sótanos y en las catacumbas está algo de la muralla.

Ahí está. Imagínate esto: como te dije, yo había hecho un recorrido bizantino por el Trastevere y después por Sant'Apollinare in Clase, por ambos Sant'Apollinare, dos iglesias de ensueño que no puedes creer. ¿Y qué pasa? Ya te conté la historia de por qué fui a Bizancio, pero te la voy a repetir. Yo escribí un poema en donde digo: "Y ahora que sé que nunca visitaré Istambul / me entero que me esperan en la calle de Sidah Kardessi"; está en el libro de mis poemas. Tú lo tienes ¿no?

Lo tengo. El poema se llama "Cita".

Exacto. Un día, cuando Gabo vivía en Barcelona, me dijo: "le voy a joder un poema suyo". Le pregunté: ¿por qué?, ¿qué va a hacer?, ¿cuál? Y me respondió: "ése donde dice: 'Y ahora que sé que nunca visitaré Istambul'." Le pregunté: ¿y cómo lo va a joder? "Nos vamos con Carmen, Francine, mis hijos y Mercedes a Istambul". Yo había ido a quedarme quince días allá, con ellos, porque son como mi familia. El Gabo es algo más que mi hermano; no, porque mi hermano era...

Tu hermano también.

Sí, exacto. Subimos al barco, un barco de Ibarra. Así se llamaba la línea marítima. Lo primero que tocamos fue Alejandría, imagínate, yo que soy un loco de Cavafis y de Alejandría.

Desde antes de Cavafis.

Desde antes. Tuvimos ahí muchas experiencias. Nos ofrecieron dinero por Francine y por los niños, bajamos al Cairo, volvimos a subir y me dijo Gabo: "ahora vamos a Constantinopla. Llegaremos a las seis de la mañana, de madrugada". Yo sabía, había hablado ya con el capitán, me levanté y fui a la proa. Estaba ahí y de pronto oigo la voz de Gabo junto a mí diciéndome: "aquí se jodió el poema".

¡Qué bárbaro!

Y le dije: no es así, por favor. Y me pregunta: "¿qué es eso que estamos viendo?" Y yo: son las murallas de Constantinopla. Aquí el mundo griego y cristiano terminaba y comenzaba otra cosa.

Los bárbaros.

El islam, porque yo no los llamo bárbaros.

Bárbaros, tengo entendido, en la acepción original de la palabra turco.

Turcos, sí. Gabo se quedó en silencio.

Y dijo: "aquí se acabó el poema".

Lo dijo y yo respondí: al contrario, aquí planta sus pies en la tierra. Bajamos al puerto y había, no te exagero, por lo menos quinientos gatos esperándonos. Bajó el capitán y le dije: "Capitán, y esto de los..." Antes de que acabara mi pregunta me respondió: "éstos son los dueños del puerto".

De la ciudad.

Había cientos de gatos, que yo adoro, es un animal que venero. Tengo tres. Mira, ahí está acostado Miruz, oyendo todo esto, encantado. Bajamos, empezamos a andar, y dije: primero que nada yo quiero ir a Hagia Sophia. Gabo me preguntó: "¿qué es eso?, ¿una tienda, o qué?" Hagia Sophia quiere decir Santa Sofía; es *la* catedral bizantina de la religión griega ortodoxa, de la que yo tengo muchos cánticos, vamos; y empezamos a andar, andar y andar. Abordamos un taxi y fuimos a otros lugares. Ahora se me olvidan los nombres.

La Mezquita Azul.

No, de la Mezquita Azul claro que me acuerdo, es bellísima.

Magnífica.

¡Extraordinaria!, pero estoy pensando en las pequeñas ciudades más al norte, intactas, unos frescos...

¿Cómo preservaron esos frescos y no pudieron preservar los de Santa Sofía?

Los de Santa Sofía están preservados en un cincuenta o sesenta por ciento, pero recorres el segundo piso y, caramba, te quedas sin respiración. Ahora, abajo, imagínate qué interés pueden tener los musulmanes en preservar a la Santísima Virgen, a Santo Tomás o a los apóstoles. No son santos de su devoción. De ahí viajamos al Líbano, que es un país hermoso, y después a Atenas. Ahí me dijo Gabo: "oiga, aquí hay tanto que ver que no se por dónde vamos a empezar", y respondí: voy a ir a la iglesia. En la plaza mayor de Atenas hay una pequeña catedral del rito griego ortodoxo, muy bella y modestísima. Entré y en ese momento iba a comenzar el servicio, que en el rito ortodoxo dura casi dos horas; Gabo se fue. No le gustó oír cantar en griego la liturgia ortodoxa en Atenas, pero para qué te cuento.

Sí, cuando oyes cantar la liturgia griega ortodoxa te pones a llorar en donde sea.

¡En Saint Julien le Pauvre! Junto al parque, frente al Sena.

Maravilloso sitio.

Allí voy siempre a los ritos; la primera vez, detrás de mí venían los popes y escuché: *Hagíos*

Otheós, Hagíos Ischirós, Hagíos Athánatos, Éleison imas, ya sabes.

"Santo, santo", sí. Pero hay otra iglesia de rito orto-doxo en París a la que vas.
La rumana.

No, otra griega, la que está en la Rue des Saints Pères.
Sí.

Donde fuiste con tu nieto.
¡Ay!, caramba, cállate. Mi nieto no quería irse.

Me dijiste que después de dos horas quería que siguiera.
Me dijo: "yo no me voy".

¿Tú conoces algún otro rito que te embelese más? ¿No crees que haya otro?
En absoluto, no para mí. Conozco relativamente los ritos musulmanes, que desde el punto de vista musical, del canto, tienen cosas bellísimas, pero no.

¿No te fascinan en la manera que lo hace el rito ortodoxo?
No. Lo que me podría embelesar es el rito católico medieval, pero ya no existe.

Que, además, no oficia un sacerdote, sino varios, por-
que se trata de una concelebración.

Sí, varios sacerdotes y todo.

Como en el rito ortodoxo.

Claro; por todo lo que te estoy diciendo ahí me
tienes incrustado en Bizancio.

Y tu poema toca tierra en la medida en que tú no vas
a Istambul, sino a Constantinopla y a Bizancio, y tu
poema cobra realidad.

Yo que nunca visité Istambul.

Se convierte en epifanía, adquiere una dimensión
completamente distinta.

Exacto. Es que yo no sé qué libro de mi poesía tienes, porque hay un libro mío que se llama
Caravansary. Pero no, ése está en el...

Está aquí, en la Summa.

Sí, en la poesía.

Pero hablas de un libro que se llama Caravansary.
Ese no lo tengo.

Pues está en el libro.

Por supuesto que está en el libro de tu poesía, pero ya
me perdí. Ahora me vuelvo a encontrar, y para reen-
contrarme regreso a Alar, que se hace humano en

su relación con la tropa, sobre todo en la medida en que ese soldado es un hombre generoso con los suyos; de ahí la popularidad y el respeto que les infunde a partir de entonces y, sobre todo, hacia el final de su vida. Es tan único que el rasgo de humanidad que pintas en él es extraordinario: combate con una amarga sonrisa en los labios, dictada, me imagino, por su ironía.

Está pensando: "todos estos muertos, todo esto a dónde va a desembocar, para qué va a servir, no sé".

Por eso también combate, como dices, con la cabeza fría, y por lo mismo piensa en la vanidad de las victorias o, como diría Borges, en el polvo que fue ejércitos. ¿Te acuerdas de ese verso prodigioso que tú escribes con magníficas palabras? ¿De dónde procede esa humanidad tan poco frecuente en los humanos?

¡Ah, no!, un momento. Eso lo deduzco. En fin, lo que he leído sobre Bizancio me permite derivar esta posición mitad griega, mitad escéptica, y en parte cristiana, pero heterodoxa.

No ortodoxa.

Nada de Roma ni de Bizancio debió crear esa humanidad. Todos somos hombres y nos estamos jugando el pellejo, sirva o no sirva. No hay que pensar en eso. Vamos a entrarle y que no nos quiten esta frontera.

Que no acaben con ella porque se acaba todo, lo poco que queda o lo que hay.

Como se acabó.

Que es justamente de donde arrancas.

Ajá.

Ahora bien, es un hombre formado por los neoplatónicos.

Sí.

Pero es ante todo un lector de Virgilio, de Horacio y de Catulo. Esta característica del personaje me resulta muy atractiva; me recuerda ese personaje de Borges que en "El jardín de senderos que se bifurcan" lee con fervor a Virgilio. Me imagino a Alar leyéndolos a los tres.

Pero es que imagínate: en esa situación de evidente derrumbe ya.

Se está cayendo aquello.

¿De qué sostenerse? Virgilio es una maravilla; Catulo es el primer poeta que pone siempre una gota de amargura y de sospecha en todo en poemas maravillosos. Te aferras a eso porque es que lo que queda en tal momento.

¿Y en éste?

Ya no.

Quiero decir, en éste prevalecen los tres: frente a la mayor parte de lo que se hace, siguen siendo Horacio, Virgilio y Catulo.

Pues sí. Horacio es, a mi juicio, el poeta. Yo no he leído a Horacio en latín, obviamente; lo he leído en francés y en una muy buena traducción al español que hizo don Miguel Antonio Caro, un lingüista colombiano. Es el poeta porque sabe que está cantando y que se refiere a algo que va a desaparecer; es el primero. En cambio, Virgilio ¡qué barbaridad! Es, ante todo, el dueño del imperio, aunque tiene lo suyo y es otra cosa; en cambio, en Horacio se encuentran cosas sobre el hombre, sobre la conducta humana, sobre las ambiciones, ¡caray!

Por supuesto. Pero tú pones a tu personaje como lector de Horacio, de Virgilio, de Catulo, cuando en realidad el lector de estos clásicos, en la línea de lo que piensa tu amigo el Marqués de Tamarón, en mi opinión, eres tú.

No tuve la oportunidad de preguntarle a Alar.

Pero que los leíste me parece evidente y la humanidad que te sugieren a ti la transmites a tu personaje.

Sí.

Es una vigorosa llamada de atención sobre la importancia de los autores latinos, para mí fundamentales,

*y que al mismo tiempo me ponen a pensar en el mun-
dillo escolar y universitario en el cual vivimos, en el
submundo intelectual en donde no sólo no se lee a los
clásicos latinos, sino que se les desprecia.*

O se refieren a ellos de una forma totalmente automática, formal y pretenciosa.

*Y además sin leerlos los consideran inferiores a los
griegos.*

Soy un lector de historia, tú lo sabes. Los historiadores latinos son... ¡por favor!

*Debido a la sublime ignorancia la grandeza de los
latinos es ninguneada.*

Sí, y es más fácil hacerlo porque si te adentras
en ella ingresas en un mundo que te plantea ciertas preguntas y reflexiones que hoy en día no se
hacen.

*Sí. Además, insisto, está el caballito de batalla de decir
"los latinos son inferiores a los griegos", demostrando
así una ignorancia total.*

¡Por supuesto! En fin. Para mí, este mundo en
el que vivo es un supermercado. Así las cosas, es
necesario hablar de Plutarco: lo que hace un hombre para protegerse.

*Aun cuando hoy hay gente que, en teoría, quiere seguir
a Plutarco haciendo retratos que no sirven absoluta-*

mente para nada. Hacer retratos de políticos mexica-
nos es una necedad. ¿Tú crees que este desprecio por los
pensadores y los poetas latinos tiene que ver con el des-
tierro al que fueron condenados por la Iglesia de Roma?

No creo, aunque sabes que no soy ningún en-
tusiasta de la Iglesia romana.

Tu iglesia, si hay una para ti, está del otro lado.

Sí. Y creo que la Iglesia de Roma es uno de
los síntomas de asfixia del mundo al someter a las
personas a fórmulas rígidas inamovibles, induda-
bles. Lo maravilloso de los clásicos es dudar de
todo: es lo extraordinario en ellos.

Claro, por eso te pregunto si una iglesia que se edi-
fica sobre verdades y certidumbres absolutas no tiene
que ver con el destierro de estos clásicos.

En parte sí, pero de todas maneras hay momentos en donde un San Agustín o un San Ignacio
de Loyola...

...tienen que recurrir a ellos.

Pues no, los traen adentro y fingen ignorarlos.
Se hacen los desentendidos porque son el peca-
do, el error.

Cosa curiosa, porque sí hay herederos de una creen-
cia en las verdades absolutas que predican.

Como Dante.

El mismo Dante es víctima de estas creencias de San Agustín.

Exactamente.

Y mantiene en pie esas creencias cuando encierra a Virgilio bajo siete candados en el infierno.

¿Por qué a Virgilio? Porque para él era importantísimo: la otra parte del Dante sabía qué era lo que estaba condenando.

Lo romano.

Ajá.

Y, claro, aquí hay un derroche de inteligencia un tanto insana por parte de Dante, ¿no? Mira que encerrar a Virgilio en el infierno.

Como diciéndole, ya...

Ya... Entonces, ¿qué es lo que hace totalmente aceptable a Dante? Pues la perfección de sus versos, su poesía maravillosa y no sus creencias dado que no son lo importante, me imagino.

Por supuesto, ¡por Dios!

Así lo veo. La manera que tiene de facturar versos este hombre es extraordinaria.

Es un gran poeta, encajado en un mundo, en una especie de forma.

A la cual no puede sustraerse porque es su época, su tiempo, en el que está metido hasta la médula y no hay manera de salir de ese encierro en el que está atrapado.

Pero Dante es un heredero directo de Virgilio, de Horacio. De Catulo. Eso es.

De los grandes latinos. Y para ser tolerado o permitido se dice: "esto no, aun cuando sabe".

Sospecho, a veces, que Dante no creía en todo eso.

Fue un hombre un tanto sorjuanesco, digno de una inteligencia así, ¿no te parece?

Exacto. Ahora, lo que es muy grave —es un comentario que estoy haciendo al margen, aunque no tanto— es que ya para entonces la Iglesia había caído en una conducta y en un proceso político que es como el de una pequeña comunidad protestante.

Son como pentecostalistas, calvinistas, puritanos o algo por el estilo. Otro aspecto importante de tu personaje en la historia que tejes es que Alar se casa por obligación.

¡Ah sí!, pertenece a una familia de aristocrátas en donde el matrimonio...

...es por obligación, aunque él ya es un escéptico.

Totalmente.

Un escéptico temprano, y no sólo del compromiso matrimonial, sino de lo que tú llamas los hechos del hombre, que están consignados en las ruinas en las que ve un vano intento por perpetuarse. Esta parte de tu texto me parece bellísima. Pero escucharte me causa un conflicto porque me digo: también está la vanidad del espectador que va a buscar las ruinas, que somos tú y yo viendo las murallas de Bizancio. Aunque no, porque también creo que es diferente, sobre todo si comparamos esto con algo que tal vez piensa Alar, porque lo piensas tú: ¿hay un peor intento vano, que es el de ir a mirar algo sin saber qué se está mirando?

Exactamente.

Que es para mí el perfil del...
...turista.

Justamente.
Es la cosa más horrible que hay.

Lamentable. Como aquel que se para frente a la Victoria de Samotracia y dice: "¡qué linda! ¡qué bonita!"

¿Y cuántas veces has tenido que aguantar frente al David de Miguel Ángel a treinta turistas que están ahí gritando: *"It's wonderful!, Oh, it's beautiful! C'est merveilleux! Oh là-là! Que es maco, noia!"*

¡Qué horror! ¡Tener que escuchar eso! Si lo otro es vanidad, esto es algo infame: simple estupidez, aunque tu personaje va mucho más allá: ¡qué vanos intentos del hombre por perpetuarse!

Sí, ¿para qué?

Hay otros rasgos del Ilirio, anteriores —porque este momento lo consignas cuando él ya está en la frontera del Imperio— que me encantan, como cuando busca las huellas de Ulises en Sicilia. Cuando va a Siracusa y, brevemente, das cuenta de su paso por esa isla extraordinaria.

Sí, imagínate.

Y el retraso, porque llega tarde y cuando lo recibe la emperatriz está furiosa porque no ha llegado a tiempo.

Pero a fin de cuentas llega, y ese es Alar.

Sí, es el contraste del hombre sereno, frío, que va a la batalla con una amarga sonrisa, pero que antes ha perseguido las huellas de Ulises en Sicilia. Además, qué magnífico lugar elegiste para seguir las huellas de Ulises; me hizo recordar, en este momento no me acuerdo del nombre del sitio, tal vez tú: es donde los peñascos enclavados en el mar que, se supone, son las rocas que el cíclope arrojó a Ulises cuando quedó cegado y Ulises huía.

Sí, por Dios, pero no del nombre. Ya lo recuerdo: Acireale.

Yo tuve la sensación de Alar al estar de pie frente a esas rocas inmensas; pero vas más lejos porque creas un personaje que tiene una parte de sensatez, de racionalidad y, al mismo tiempo, sensible, vigorosamente vinculada con el imaginario. Es un hombre que vive en lo racional pero también en la ensoñación.

Pero claro: es lo que están tratando de matar ahora con Walt Disney y la televisión.

Adiós al imaginario.
Adiós.

Hay una especie de voluntario extravío de Alar.
No de extravío, sino de ser él mismo, a pesar del extravío.

Por supuesto, por eso digo que es algo voluntario.
Ése soy yo.

Voluntariamente se pierde y es una parte muy importante de él.
Claro.

Lo vinculo con el imaginario que es el voluntario extravío de Álvaro Mutis en su obra. En mi opinión, te pierdes en esa delicia del imaginario que creas y pones a tu personaje a fabricar.
De todas maneras se trata de que ese imaginario sea lo más real posible.

Totalmente.

Sí, no es imaginario porque es producto de la realidad.

Porque lo real...

...no tiene el peso de lo imaginario. Para imaginar estupideces...

Ya lo dijiste: Walt Disney es el campeón, y no es cierto del todo porque tenemos una cantidad de innumerables triunfadores locales.

Diez minutos de televisión.

Y de librillos que sólo parecen obra del imaginario.

Muchos.

Hay otra cosa con respecto a la posición de tu personaje en el mundo. Yo he conocido en mi vida a uno o dos búlgaros y no me resultaron precisamente simpáticos.

No lo son.

Aunque el nombre de la capital de su país, Sofía, esté muy cerca de Bizancio y además sean ortodoxos.

Son ortodoxos, eslavos. Y tienen, a mi gusto, el más bello rito musical (aquí tengo uno en casete). Coros únicos en el mundo de la religión griega ortodoxa.

¿Mejor que el ruso, el ucraniano, el lituano?

Olvídate. Más que todos ellos, pero ahora no quiero ponerme a buscar esa misa búlgara, porque, además, estoy medio tonto.

Nunca estás tonto. Pero insisto: me llama la atención esa antipatía que Bulgaria despierta en Alar, sobre todo porque ahí pierde el buen humor y la angustia se apodera de él.

Pues claro que sí, porque esos eslavos que han tomado, digamos, la máscara de lo griego...

Conversos.

Sí, pero yo no creo que sean conversos.

Es un poco la conclusión a la que llegué, pero son los conversos.

Son los trotskistas del...

...rito ortodoxo. La obra me parece completa, redonda, perfecta, pero —dime si me equivoco— me parece que la parte medular de La muerte del estratega *es cuando Alar le pregunta al higúmeno Andrés: "¿Cuál es el Dios que te arrastra por los templos?" Aquí empieza una secuencia extraordinaria en el texto, que arranca de esa pregunta.*

Oye, pero qué bien leído lo tienes.

¿Qué hace el Ilirio? "¿Cuál es el Dios que te arrastra por los templos?", es, además, de un verso maravilloso, el principio de una convicción que da pie para afirmar que tampoco son el camino la religión de los persas ni las sectas de los brahmanes y, por lo tanto, no podemos hacer nada. Es fulgurante.

No hay nada que hacer.

Y a la luz de esta afirmación del Ilirio me resulta difícil imaginar a los cándidos que se van a la India a buscar al gurú.

¿Qué tal eso? A los gurús. Y todo eso de los chinos, y de los...

...Hare Khrishna y todas las necedades que pululan en nuestro atrofiado mundillo. Tú dices que ya en tiempos de Alar era una necedad. Me imagino que es un poco la idea.

Así es. Ahí empezó el principio del fin, y él lo dice: "ya comenzamos".

Sí, y ahora sigo porque es todo un pasaje que, insisto, es la parte central de tu poema. Ahí está todo: el personaje, la época y, obviamente, algo que llega hasta nuestros días.

Pero cómo hasta nuestros días, si nuestros días son... ¡por Dios!

Apartado de toda convicción del orden de las creencias
—más o menos lo dices con esas palabras— el Ilirio
cumplía con sus deberes religiosos sólo por disciplina.

Sí, claro.

Que es un poco lo que estábamos diciendo de Dante.

Está viviendo en ese mundo que ya tiene como estructura de vida, de conducta, de todas esas cosas. Están adentro, pero no cree en nada.

Te cito desordenadamente, a propósito. Lo voy a hacer de forma literal porque estoy convencido de que la médula sigue en el pasaje donde tu héroe remite a los misterios de Eleusis y encadena, refiriéndose a los griegos —a los que ahora Alar el romano vuelve—, "hallaron el camino", y es Alar el griego o Álvaro el bizantino.

Oye, si vamos a creer en todas estas fantasías pobretonas... Lo digo en forma un tanto vulgar.

No, creo que lo dices bien.

Entonces volvamos a unas fantasías más amistosas, donde todavía había una fuerza de vida y de persistencia de la especie como persona, no como sombra de una creencia; se creaban esas maravillas en relación con la naturaleza, adheridas a ella.

"Ellos hallaron el camino".

Pues claro.

Es una sentencia definitiva: no hay otro. Era la ruta que se perdió, y tu texto es una constancia de esa pérdida. "Al crear los dioses —añades— a su imagen y semejanza dieron trascendencia a esa armonía interior imperecedera y siempre presente de la cual manan la verdad y la belleza". Estos dos conceptos son capitales en una obra sobre los dioses, que están presentes en todo el texto.

¡Sí!

"En ella creían ante todo y por ella y a ella se sacrificaban y adoraban. Eso los ha hecho inmortales". Ésa es la inmortalidad: son inmortales y crearon la inmortalidad.

¿Acaso la eternidad está en Wal-Mart o en Sam's?

Una reflexión que se me acaba de ocurrir, hilvanando junto contigo estas ideas que me sugieren tu texto: es como una búsqueda escalonada de Bizancio a Roma, de Roma a Grecia, hasta llegar a esa raíz que es precisamente Grecia y que rescatas en esta parte del texto de una manera decisiva; aunque no es que de pronto te tropieces en tu búsqueda y la encuentres. Me imagino que esto se produce a la inversa: vas de Grecia a Roma, de Roma a Bizancio y hasta ahí llegas. No se puede ir más lejos porque ahí se acaba todo.

No. Ya dije lo que pienso acerca del último hecho. Hay una nota autobiográfica que he escrito —no sé si la has leído—, en la que acabo por decir que soy gibelino, monárquico y legitimista. Gibelino, desde luego, porque soy partidario del Imperio; así, el camino es hacia atrás, es Grecia, lo que de ella supieron conservar los romanos magníficamente y lo que quedó en el Sacro Imperio Romano Germánico. Después no me interesa nada. De verdad.

No conozco esta noticia biográfica tuya; algo he oído decir pero no lo he leído. A mí me dicen muchísimas cosas que son una reacción estúpida frente a lo que dices, opiniones sobre ti totalmente tontas: "¡Ah! es que Álvaro Mutis es monárquico", que no quiere decir absolutamente nada. Así lo percibo.

Así es, hombre, ¡por Dios!

Esto que me dices es una explicación de fondo, magnífica, que traza una genealogía cuyas raíces se hunden finalmente en Grecia y que tiene un sentido que escapa al profano.

Hace algún tiempo ciertas personas querían hablar conmigo. Me dijeron: "queremos hacer un número de nuestra revista sobre usted". Fue hace dos años, la revista acaba de salir. Todo el número está dedicado a mí. También tiene unos artículos sobre Álvaro Mutis y García Márquez. En fin, ahí está la autobiografía.

¿Es una entrevista o un texto que escribiste?

Un texto que escribí. Alguien me preguntó: "¿puede usted redactar una pequeña noticia autobiográfica?" Escribí sobre el momento en que el emperador germánico Enrique IV, en enero del año 1077, decidió rendir pleitesía al soberbio pontífice Gregorio VII, e hizo un viaje que fue de funestas consecuencias para el Occidente cristiano. Por ende, soy gibelino, monárquico y legitimista. Está en la página 96.

Lamentablemente se trata de una revista que no circula en México.

No. Toma, te la regalo.

Me encantaría que mucha gente que carece de información, como decía Jomí, pudiera leerla y se sustrajera del optimismo definitivamente insano.

Esa frase, ese texto se ha reproducido varias veces en México.

Yo no lo había visto, te lo oí a ti, literalmente, como lo acabas de decir, pero no sabía que estaba escrito.

Para mí, que Enrique IV vaya a rendirle pleitesía al Papa cuando era el emperador romano germánico, ¡caramba! Era el Papa quien debería estar de rodillas frente a él. Pues no, va de manso a arruinar todo; ahí también todo se echó a per-

der. Es una de las señales de cómo se ha ido aca-
bando todo.

*Sí, porque en realidad empieza en el siglo VIII, como
lo señalas en lo que yo llamo tu poema, y tal vez antes,
con los Constantinos, exceptuado al último, que es
Juliano y que de cierta manera es tu strategós.*

Exactamente, y con cosas tan siniestras como
las cruzadas. Tú sabes que las dos primeras víctimas de los cruzados fueron los coptos en Egipto
y los melquitas, que son cristianos.

Claro, ambos lo son.

Sí, pero en otro orden porque es otra cosa.
Fueron a los primeros que mataron. En la segunda cruzada empezó algo que en la tercera se
volvió un problema tremendo, porque muchos
cruzados se pasaron al bando de los musulmanes por el dinero. De pronto, algunos cruzados
inocentes se encontraban con un francés, español o inglés que peleaban al lado de los musulmanes. Era una especie de país organizado por
Juan Pablo II.

*También hay algo en el texto de lo que me estás con-
tando ahora.*

Alar denuncia constantemente toda esta por-
quería, y al final dice: "voy para allá, que me maten
y que me dejen en paz".

Además, para entonces ya lo han despojado, sobre todo, del amor por una mujer: es como la puntilla para Alar. Pero yo creo que hoy no voy a seguir con esto porque...

Pero tenemos que hacerlo; quizá no ahora mismo.

Sí, no creo que haya que hacer una larga pausa.

Tenemos una preocupación.

SEGUNDA CONVERSACIÓN

Julián Meza: *Seguimos con nuestra preocupación. Tengo no la inquietud, sino la convicción de que este poema es una obra capital.*

Álvaro Mutis: ¿Te di la grabación?

Sí, por supuesto. He alternado la grabación con la relectura.

Ahora salió una edición muy bonita en Italia.

Me dijiste, sí, que lo acaban de traducir y publicar en italiano.

Ya lo habían publicado.

¿Solo?

No, con *La mansión*.

En mi opinión, esta obra tendría que publicarla alguien en una edición príncipe, sola.

Sí, es mi sueño. Lo quiero solo, que no incluya otros textos.

Te aseguro que yo me voy a encargar de que este sueño se haga realidad, porque aunque en la edición actual le da título al libro, se pierde ahí adentro.

Sí, porque es un libro que está aparte de todo lo otro que he escrito.

Es un libro absolutamente único.

Muy personal.

Totalmente, pero es otra cosa al mismo tiempo. Es un libro que te muestra en muchas de tus facetas, en aspectos que no están en otras obras tuyas.

En otras cosas, sí.

Nos habíamos quedado en algo que considero la parte medular del poema. Después de releerlo me queda claro lo que dices, pero al mismo tiempo me sugiere muchísimas cosas. Hay un momento en donde tu personaje remite a los misterios de Eleusis y encadena, refiriéndose a los griegos, "ellos hallaron el camino". Escribes: "al crear los dioses a su imagen y semejanza, dieron trascendencia a esa armonía interior imperecedera y siempre presente de la cual manan la verdad y la belleza, en ella creían ante todo y por ella y a ella se sacrificaban y adoraban. Esto los ha hecho inmortales. Los helenos sobrevivirán a todas las razas, a todos los pueblos porque del hombre mismo rescataron las fuerzas que vencen a la nada". Para mí esta recuperación de las divinidades en su relación con el hombre griego es la parte central de tu libro.

Sí.

Y es una profesión de fe.

Es lo que siento. Lo creo así. Lo vivo así. Es decir, yo creo —lo dice Alar no recuerdo muy bien en qué forma— que después de los griegos no ha habido sino puro desastre. En la claridad de verse a sí mismos y de ver al hombre como un ser con una serie de condiciones de visión, los griegos llegaron a la totalidad del conocimiento.

Sigo con la cita: "Es todo lo que podemos hacer, no es poco, pero es casi imposible lograrlo ya"; después de esa constancia maravillosa, y estamos apenas en el siglo VIII, tu personaje sentencia: "oscuras levaduras de destrucción han penetrado muy hondo en nosotros".

Pero es que no ha parado la destrucción de la especie, su autodestrucción. De ahí viene mi frase: "Fallamos como especie".

Sí. Yo creo que estas líneas extraordinarias, no es mucho, valen más que cien tratados de filosofía.

¡Ah, caramba!

Definitivamente, es la sensación que me dejan. Hay tal cantidad de discursos filosóficos sobre los griegos, que dicen, vuelven a repetir, se amontonan y no dicen

realmente nada. En cambio, creo que en unas cuan-
tas líneas dices prácticamente todo lo que se podría.
De entrada, hallaron el camino en relación con el
hombre.

Claro.

Pero también el camino en relación con la divinidad.

Por supuesto.

Como una creación del hombre.

Sí, y es una imagen del hombre.

Es cierto. Encontrar el camino es esta creación del Dios
a su imagen y es lo que genera justamente esa armo-
nía interior imperecedera.

¡Exacto! Eso es.

Por eso es el único camino.

No hay otro.

Además es de esta percepción de la divinidad, de esta
creación que surgen dos conceptos fundamentales que
atraviesan todo tu poema: la verdad y la belleza.

Sí, puede ser cierto. Muy bien visto.

Y, claro, esa es la inmortalidad de los griegos, lo añades
a continuación, y no hay quien haya podido trascender
una creación de esta naturaleza.

No, por supuesto que no.

De ahí también su sobrevivencia definitiva.
Y su presencia.

Sí, permanente.
Imperecedera.

Lo que te decía hace un momento para mí es absolutamente cierto: hay muchas reflexiones en torno a los griegos, pero creo que muy pocas llegan a este punto nodal en la percepción de los misterios de Eleusis.
Qué bueno que te parece así.

Y hablo de filosofía, no de teología, que ni remotamente, por mucho contacto que pueda haber con los griegos, se acerca a algo así.
No, no y no.

Porque la teología, coincido con Borges y me imagino que tú también, es una muy buena manera de escribir ficción, ¿o no?
Obviamente.

Este personaje tuyo, o tú y tu personaje, me llevan a pensar que Alar es una especie de contracción de Álvaro.
Está bien, me gusta.

Pero dime cómo hiciste para poner otra vez en circulación, ahora por tus propias venas, la savia griega.

Es muy curioso. Comienza con un contacto que podría pensarse que me iba a alejar de los griegos y que es mi interés por Bizancio. ¿Pero qué pasa con Bizancio? Es un imperio que fracasa, está lleno de incidentes trágicos, sobre todo en la vida de los emperadores que mueren de las formas más brutales. Finalmente, este país no acaba de ubicarse entre Europa y Asia. Yo siempre he pensado que debería haber sido la verdadera Roma. Luego empecé a leer mucho sobre Grecia y los griegos; los trágicos, sobre todo Sófocles y Eurípides, son de una luminosidad, una intensidad que yo no he vuelto a leer ni a ver en ninguna otra tradición literaria. Además, es un pueblo que produce la *Odisea*, que es la novela de viajes por excelencia, la verdadera, y la *Ilíada*, que es cómo se establece un país. Son textos definitivos: podríamos decir que en términos absolutos después de ellos no hay nada más. Fue así y punto. Fue una lección que recibí, muy grande e intensa. Después, a medida que vas leyendo a los latinos, a los españoles y franceses, percibes sencillamente que son directos discípulos, conservadores para intentar una visión del hombre. Eso es.

Que, sin embargo, ya está ahí.
    Ah, sí, claro.

Esto que me dices es muy curioso, porque es Bizancio quien te remite a Grecia. No es directamente Grecia, sino las conexiones entre ambas, que son extraordinarias, en especial durante este período.

Claro.

Mira, la Historia de Grecia *de Curzios.*

Esa es.

Supongo que este fue para ti un libro...

Este ejemplar creo que lo compré. Digo, lo tenía en Colombia y allá se quedó, lo volví a comprar aquí. Es de El Ateneo. Ah no, querido amigo, éste es el gran padre.

Voy a tomar la referencia de este libro que no conozco.

Ahora mismo te la doy.

Hay algo llamativo en lo que me dices y que no está en este paso de Bizancio a Grecia. En algún momento, al terminar de escuchar no sé cuantas veces tu grabación del Estratega, *se me ocurrió establecer un puente, quizá totalmente arbitrario. Mi pregunta es: ¿tienen algo que ver Alar y tú mismo con Juliano el Apóstata de Adversus Cristianus que, por cierto, era ilirio?*

Ilirio, sí. Mira, no lo tuve muy presente.

¿Lo has pensado después?

Lo he estudiado sí, pero acuérdate de que Alar, finalmente, acaba sin tener intereses de tipo místico. Se queda en la tierra.

Sí, pero en Juliano hay una vuelta al helenismo, por eso me recuerda un poco.

Sí, es cierto. Muy bien visto por ti.

Querer volver.

Pero la verdad es que no fue el personaje que me acompañó.

Es curioso. Ahora estoy leyendo Juliano el Apóstata *de Gore Vidal, que me parece una novela extraordinaria, y al hacerlo me remito a tu personaje, que aun cuando se parece es, a la vez, totalmente distinto.*

Claro.

Hay diferencias enormes entre tu personaje y Juliano, pero es alguien que también dice: "si no recuperamos Eleusis, si no recuperamos el pasado heleno estamos perdidos".

Sí.

Creo que en ese sentido hay una coincidencia.

Sí, claro, me estás haciendo ver cosas.

La hechura de tu personaje es completamente dis-
tinta. Juliano es un Augusto y Alar es un guerrero
que vive en los confines del imperio; aquél vive en el
centro del Imperio, aunque su infancia se da un poco
en la periferia y en ésta acaba su vida; me pareció o
establecí arbitrariamente algunas conexiones.

No. Está bien. Estoy de acuerdo porque tienen
mucho en común.

Hay otro lugar del fragmento sobre el que estamos
hablando que completa el anterior. Cuando dices:
"todo viene de Grecia, y si se acaba eso termina todo
y estamos perdidos". Luego viene algo que es, me
parece, el punto culminante de esta parte axial. Cito
lo que enlazas a continuación: "El Cristo nos ha sa-
crificado en su cruz, Buda nos ha sacrificado en su
renunciación, Mahoma nos ha sacrificado en su furia.
Hemos comenzado a morir".

Pues sí, yo tengo esa convicción. Es decir, nos
estamos matando desde entonces en forma continua.

Creo que esto de alguna manera nos habla de la
clausura de un mundo de búsqueda de la verdad,
la belleza, la armonía, y tu personaje nos introduce
en un universo completamente diferente.

Un mundo en donde estaba el camino para
que la especie fuera de veras una, valiosa y triun-
fante, en el sentido espiritual y vital, pero se

que perdió. Desapareció y mira lo que ha pasado.

Además, está la manera como utilizas los conceptos: nos sacrificó en su cruz, en su renunciación, en su furia, que son voces, a fin de cuentas, de una enorme actualidad.

Por Dios. ¡Qué miedo! Ya no abro un periódico. Aquí llega *La Jornada*. Carmen lo hojea y me comenta alguna cosa. No veo la televisión tampoco, porque la barbarie, lo sangriento de todo es tan evidente, tan presente que ya no quiero saber. Sí, ya sé que vamos a la ruina todos, que vamos a terminar así.

Lo importante es que tú, pienso, reconstruyes un proceso de degradación a partir de sus orígenes, la clausura del mundo antiguo, que fue la posibilidad, y entonces se inicia el mundo actual, clausura de la especie, y el personaje añade: "no creo que me explique claramente después de decir esos conceptos, pero siento que estamos perdidos, que nos hemos hecho a nosotros mismos el daño irreparable de caer en la nada; ya nada somos, nada podemos, nadie puede poder. No hay salida", concluyes.

No hay salida, sobre todo desde el momento en que se empieza a inspeccionar. Ya me has oído decirlo, pero, en fin, volvamos. Empieza a examinar los grandes episodios de la historia de Occidente, por ejemplo, las cruzadas. Las dos primeras víctimas de los cruzados eran pueblos cristianos, los coptos y los melquitas; cristianos que fueron arrasados. En la segunda cruzada una cierta cantidad de caballeros se pasaron a los moros por un sueldo, por dinero.

Como mercenarios.
    Y tú hablas con un católico ingenuo y todavía te pinta las cruzadas como el último intento de rescatar el sepulcro de Cristo. Por favor, eso no. Así fueron todas esas tentativas.

No hay posibilidad, como dice tu personaje. Y lo que me reiteras acerca de las cruzadas es una historia que se va a repetir continuamente, hasta nuestros días.
    Sí, por Dios. No hablemos de la conquista de América.

La primera, la segunda guerra mundial.
    No, claro que no.

Ahora recuerdo un libro de Huizinga que no sé si lo conoces. Se llama...
    El otoño...

No, En los albores de la paz.
    Ah, sí, claro.

Es un libro extraordinario y debes recordar que dice: después que termine esta segunda guerra mundial, esta barbarie, si no hacemos esto y lo otro, no podremos hacer absolutamente nada, y nada de lo que él propone, remitiéndose justamente al mundo latino, al mundo griego, se ha cumplido.

No, no y no. Y hay una cosa más. Terminas de leer sobre Grecia, aunque nunca terminarás, pero digamos que ya tienes a Grecia dentro de ti, y te preguntas: ¿y después qué siguió? Pues Roma, y empiezas a leer y dices, ¡ah caray!, estos hombres comenzaron bien. Esa fórmula, la república, si quieres —no se le puede llamar así, ya lo sé— la primera Roma, funciona muy bien.

Por supuesto que lo hacía.

Y esa manera de aprovechar el Mediterráneo como un patio. Luego dicen: "pues ahora los vamos a fastidiar, en forma terrible, brutal". Y después viene la Edad Media tan discutida y criticada por los historiadores del siglo XIX, a la que llamaron "oscura" y redujeron al fanatismo católico, al cristianismo aterrador. Ahí hay, es cierto, Papas que son asesinos bestiales, pero todavía hay un cierto encanto que es la herencia romana y latina. Por supuesto, eso no lo inventaron ellos, pero trataron de conservar en alguna forma la herencia que robaron. Después viene el Renacimiento, que es bien curioso porque se trata de la percepción de alguien que abriera los ojos y dijera: "¡No, un momento!" Pero no acabó en nada, aunque en el arte sí.

Pero no en el pensamiento.

Ni en la humanidad ni en la vida del hombre, del pobre diablo, y el proceso de desangramiento producido por esa barbarie es creciente y brutal desde entonces. Hay momentos en que lees historia de Grecia y te da la sensación de estar leyendo ciencia-ficción. Te preguntas: "¿así fue?"

Parece mítico.

Pero fue así.

Fue posible y era posible.

Entonces, todos estos cuentos —y esto lo sabe muy bien Nicolás, mi nieto—, la historia de la democracia, del pensamiento liberal y después el horror del marxismo. Empiezas a leer *El capital*, que yo leí en la traducción que hay del Fondo de Cultura hace...

Siglos...

...cincuenta años.

Medio siglo.

Y sucede algo raro, lo lees y piensas: ¡ah sí!, ¿ah sí? Y mira en lo que desembocó ese sueño absurdo: ni más ni menos que en el estalinismo, que tiene la mayor cantidad de víctimas humanas: ¡sesenta millones! Y de pronto hablas con un comunista convencido, aunque ya casi no existen.

Por ahí quedan algunos.
No, pero acuérdate.

Eso fue terrible.
Recuerda los mamertos, como los llamamos en Colombia.

¿Así les llaman?
Sí, acuérdate de hace cuarenta años.

De hace veinticinco, veinte años todavía.
Caramba, ¡qué manera de defender eso! Entonces, cierras el libro y dices: no, claro que esto no es así. ¿Y el cristianismo qué? No voy a ser tan tonto e ingenuo para citarte a los Borgia como ejemplo de monstruosidad. Ha habido Papas y sistemas del Vaticano muchísimo más crueles en su guerra contra los protestantes o por su silencio.

La noche de los cuchillos largos fue una monstruosidad sin precedentes. La noche de san Bartolomé fue algo macabro.
Entonces, ¿qué pasa? De pronto sucede —seguramente te ha pasado— que dice uno: "un mo-

mento, Lutero tenía razón"; pero si lo piensas un poquito y lees más, dices: era la misma cosa, pero por otra vía. En pocas palabras: camina en paralelo y comete las mismas bestialidades. Y después llegas a la gran bestia, Calvino, que es el creador del destino manifiesto, y de un grupo suyo expulsado de Inglaterra por intolerantes y bestias; se suben al *Mayflower* y crean ese país que no ha parado de ser intolerante y bestia un solo minuto. Llegan y arrasan con los pieles rojas y empieza su hipocresía. Yo los conozco muy bien porque trabajé como treinta años con ellos, conviví con ellos. ¿Quieres saber una cosa? En discusiones ya familiares te plantean las bases del ideario norteamericano; los pinchas un poco y sale a veces el puritano intransigente o el escéptico completamente desligado de todo. Te encuentras con fanáticos del judaísmo o de un calvinismo inflexible, y dices: ¡Ah caray!, mira tú lo que heredamos del señor Calvino. El destino manifiesto es éste: Dios está con nosotros y lo confirma nuestra riqueza, nuestra grandeza en el mundo, nuestra extensión territorial. Es la señal de que Dios está con nosotros, y el que no está con nosotros está arruinado porque está en contra nuestra y lo vamos a destruir, tal como lo han hecho y lo siguen haciendo.

Y hay otras comunidades —ahora forman parte de ese país— que cuando llegaron fueron maltratadas: italianos, irlandeses, polacos y ahora los latinoamericanos.

¡Por favor! ¿Y qué fue lo que hicieron sino ajustarse en cierta proporción a todo ese puritanismo y vivir en su casa como se les daba la gana?

Exactamente, sobrevivir con lo propio en un contexto adverso, al que se plegaron.

¡Por favor, así es!

En un mundo ajeno en muchos aspectos.

Lo que acaba de pasar no vale la pena ni comentarlo, pero el señor Bush llega a arrasar a un pueblo con el sacrificio de sus compatriotas, con la vida de sus ciudadanos, basado en una mentira, pues sabía que era una mentira.

¡Por supuesto!

¿Por qué? Porque el petróleo de Irak, al igual que el de una zona del Golfo de Maracaibo en Venezuela, y una pequeña parte del de Texas, produce un petróleo muy fino, sólo necesita dos etapas de refinación, los demás necesitan cinco y hasta seis.

Por supuesto que el petróleo es un pretexto.

¡Por favor! Pero sobre todo hay una cosa increíble, pues resulta que la familia de este señor es la que ahora se encarga de administrar ese petróleo.

Como los cruzados rescatando el santo sepulcro mientras se dedican a exterminar coptos.
    ¿Qué tal?

Sí, la historia que se repite incesantemente después de tantos años.
    No, detente. Es la misma historia de siempre.

Sí, porque se acabó la otra posibilidad que había realmente.
    Y todo, perdón por la pretensión al decirlo así pero así lo siento, lo dice Alar el Ilirio.

Exactamente. Precisamente por eso la lectura de este fragmento que acabo de citar me lleva a confesarte que al terminar ese párrafo empecé a leerlo de nueva cuenta. Luego escuché las mismas palabras en el disco, una y otra vez, y fui realmente seducido por esa voz que me entusiasmó enormemente, pese a la añoranza y a la tristeza que también produce. Y voy a decirte algo a propósito de obras que había leído antes de tu poema. Después de esto se quedó atrás el capítulo de El gran inquisidor *de Dostoievski, en donde el Cristo se sacrifica por segunda vez; mucho más atrás se queda el* Siddharta *de Hermann Hesse, que es mera renun-*

ciación; y obviamente quedan muy, muy lejos los Versos satánicos, *que no me producen el menor asombro, dado que forman parte de la antigua furia. Verdaderamente todo se quedó atrás después de leer estas líneas.*

Pues me satisface mucho que lo digas.

Me parece que la lectura que haces, con unas cuantas palabras, de esos tres personajes históricos que van a ser decisivos para el mundo ulterior, es definitiva; no son páginas y páginas de conceptos.

Es que, en verdad, al respecto hay poco que decir.

Eso creo ahora. Además, un aspecto característico de todo el libro: en ninguna parte dices más de lo necesario, en particular cuando remites a los misterios de Eleusis.

Ni hay argumentos de ninguna especie.

Todo de manera muy sencilla. Navegas contra la corriente, como Maqroll, cuando escapa de los lugares comunes que nos han acompañado desde siempre.

¿Sabes una cosa? No sé si te la conté. Alguien, que no quiero citar, le preguntó a Borges sobre Alar y éste le respondió: "es la más bella y triste historia de amor que he leído en mi vida". Mira la vuelta que dio para no...

...entrar en pequeños detalles fundamentales, y tenía razón.

Sí, pero cuando conoces a Borges como lo hice yo, sabes que está pensando en todo esto de lo que estamos hablando.

Claro, pero era un texto fuerte para el mismo Borges, y se va por ese lado que no es precisamente el suyo.

Entre otras cosas porque él sí tenía esperanza. Por lo menos en las conversaciones que sostuvimos, que eran muy extrañas en el sentido de que argumentar con Borges era difícil, era un tipo muy lúcido, muy especial. La formación inglesa de Borges le dejaba una cierta esperanza a pesar de lo que dijo de la democracia, algo así como que era un error de estadística, un truco, una trampa.

Sí, y emitió un concepto fundamental, pues hay una palabra que usas en los tres casos, que dan pie a una pequeña y, a la vez, descomunal estadística. Los tres nos sacrificaron, no se hicieron sacrificar; decir esto es navegar a contracorriente de veinte siglos de historia. Por diferentes medios nos lo han vendido como un sacrificio por nosotros, cuando en realidad hemos sido sacrificados: somos nosotros los inmolados.

Y piensa una cosa: jamás pasó por la cabeza de un griego un acto de esa clase. Lo que ellos decían es: "la naturaleza, los árboles, los animales, los astros, todo esto es muy bello y es nuestro porque nos lo están ofreciendo los dioses".

Las divinidades.

Exacto. No vamos a matar a nadie por no creer en esto, no vamos a exigirle a nadie que crea en esto. Ahí estaba todo.

Sí, creo que es la gran y absoluta diferencia. El sacrificio está siempre presente en esta apretada síntesis que haces de la historia de Occidente. El cristianismo es un sacrificio, el marxismo, el fascismo fueron sacrificios, la democracia también. Todo es sacrificio.

¿Y qué tal el cristianismo? Es el sacrificio por definición, el sacrificio como religión.

Exacto. Y están además los elementos que señalas. Es decir, las características en cada uno de estos tres casos, que son de una actualidad sorprendente. ¿Qué es lo que más vende el cine de Hollywood? Pues nada menos que un Cristo sangriento. No, sanguinolento, monstruoso, aterrador, para infundir miedo.

Yo me negué a ver eso.

Yo no lo vi, no podría. Es imposible de ver; no se puede, no se debe. Es complementario de otro aspecto que señalas en relación con Mahoma: la furia. Por un lado la sangre, por otro la furia.

"Yo soy el profeta y la voz de Alá". Así lo dice.

Exactamente. Y luego frente a esta sangre, frente a esta furia, hay gente que opta por la renuncia, que se vuelve budista, que se refugia en el chamanismo. ¡Qué cosa más horrorosa es buscar fuera de uno lo que no hay que buscar! Porque no te pertenece, porque no es tuyo.

Pues claro, ¿qué vas a buscar ahí?

Ahí no hay nada para ti.

Es muy curiosa la ceguera de los seres humanos.

Hay algo muy importante en la estructura de tu relato. A lo mejor me equivoco, pero a mí me parece que las conclusiones a las que llega Alar están en el hecho de que no creía en el poder político.

No, de ninguna manera.

Ni tenía ambiciones personales.

En absoluto. Si hubiera querido, habría tenido lo que se le hubiese dado la gana.

Exacto, es un hombre.

Es lo que dejo entender en esta narración a la que te acercas con los ojos de Mallarmé.

Es clarísimo. Es un hombre con todas las capacidades y dueño del ejército. Así de sencillo. Pero no tiene una ambición personal, no aspira al poder político.

Más aún: le molesta el poder político. Además, este rechazo está explicado por el clima de fanatismo e intolerancia en que vive y agregaría que es la paradoja dictada por su época y circunstancia.

La guerra de las imágenes y todos esos horrores.

Exacto. Algo caracterizado por esa terrible mezcla de pasiones políticas con doctrinas de la Iglesia que encabezaban el metropolitano Lakadianos y la basilisa Irene —estuve a punto de decir basilisca—, esa mujer que ordena que le saquen los ojos a su hijo Constantino sólo por sospechar que simpatiza con los iconoclastas. La furia de la ceguera asociada a la sangre es tan monstruosa que él, me imagino, reacciona frente a eso.

Me quedo con el ejército y con las armas, y basta.

Lo que me llama la atención es que el contexto en el que vive Alar el Ilirio es el que tú has vivido. Me permito hacer esta analogía.

Sí, sí. Yo no he votado jamás, no me he afiliado nunca a ningún partido, no he firmado jamás un manifiesto político de ninguna clase, porque no creo. Eso no, Julián.

Por la misma razón, nunca has tenido la remota idea de tener un puesto público.

No. ¡Nunca! ¡Jamás!

Ni has tenido ambiciones personales como las de esa gente.

No.

Todo lo contrario. Me parece que coinciden los dos elementos, tu renuncia.

Hay una parte, no digamos autobiográfica, en la que hay aspectos que sí son de mi vida y de mi manera de pensar.

De tu propia experiencia, que está plasmada en este libro.

Sí. En cualquier época de la historia te encontrarás siempre con el mismo asco, es hasta monótono decirlo, la mala fe, las ambiciones personales que finalmente desembocan en nada. Y también con eso que llaman las ideologías.

Las creencias, las ideologías que a menudo se hilvanan entre sí. Y tienes razón: desde que perdimos el camino es siempre la misma historia. Otra cosa me llamó poderosamente la atención, a lo mejor es un detalle que no tiene mayor importancia: ¿qué simbolizan la máscara mortuoria de Creta que le regala Andrés al Ilirio y la estatuilla de Hermes que tiene en su tienda de campaña?

¡Por Dios! Ya lo sabes.

Pero quiero oírlo.

Es una voz de llamada de la Grecia antigua, diciéndole: "¡oye, aquí está la verdad! Se trata de pequeños símbolos de algo que tú conoces y quieres. Ya se acabó. Guárdalos".

A mí me llamó la atención porque cuando se invocan los símbolos lo tradicional en la historia de Occidente ha sido recurrir a Dioniso y a Apolo y tú acudes a dos elementos completamente fuera de esa serie.

Apolíneo no, porque eso ya fue usado después con un abuso realmente monstruoso. Lo mío es esa máscara cretense.

Así es. Algunos escritores han recurrido a Hermes, pero no a la máscara cretense; me llamó mucho la atención, es algo que está más allá de una pequeña historia, o mejor: en el inicio más remoto de la historia.

¡Perfecto!

Eso es definitivamente algo que tú pones ahí.

Es que me encantó la idea.

Otro aspecto, del que creo que ya hablamos muy al principio: ¿hasta qué punto influyó Renan en ti? Aun cuando creo que has ido mucho más lejos que él, es un autor importante para ti.

Fue importante en un momento de mi juventud, cuando me hizo pensar en ciertas cosas; después, no es que lo desdeñe ni mucho menos, pero hay algo en él que...

Las creencias que te separan del todo de Renan.
Exactamente.

Creo que en el orden de las creencias Renan no fue muy lejos.
Es algo muy raro.

Pero quería referirme a tu capacidad para percibir la realidad poéticamente. Al respecto tienes una idea que él también tuvo.
Sí.

Los dos comparten una idea del mundo a través de la naturaleza.
Sí, ¡por Dios!

Y no sólo está en La muerte del estratega.
Está en todo: en mis árboles, en mis pájaros. Mira aquí.

El gato.
Mira, ¡qué tipo!

Con un nombre que es de origen etrusco, quizá. Pero volvamos a Renan, quien tal vez logró percibir algo y se echó para atrás porque le dio miedo, como a Burckhardt.

Por la época, porque si él, lo voy a decir de manera simbólica, con el equipaje que traía se lanza...

...lo hacen pedazos.

Se liquida. ¿En ese siglo? No, definitivamente no era posible.

Él tiene, como tú, algo parecido, o percibió algo semejante, pero no tiene lo que voy a llamar tu estilo. Pero no se atrevió pese a estar tan próximo al sentido de lo divino propio de los griegos en la "Oración en la Acrópolis". Es a lo más lejos que llega.

Eso sí.

Hasta ahí, y lo que dices de la época explica en buena medida por qué no se atrevió a dar el paso.

Es que no podía; ese siglo fue el que armó el que acaba de terminar y este que comienza.

Pero hay en tu lectura del mundo algo que me...

No. ¿Cómo te podría decir esto? La forma como percibe la marcha de la historia es genial, es bizantina, pero no le sirvió de nada. Dejó una obra en donde eso está presente, pero era imposible que diera un paso adelante en el siglo XIX.

Sí, imposible; sin embargo, hay que tomar en cuenta tu osadía. Has vivido un siglo imposible en muchos aspectos y diste un paso gigantesco. Es curioso que yo pensara que, de alguna manera, la influencia de Renan en ti era importante, pero desde el momento en que me dijiste que tú empezaste con los griegos a partir de Bizancio, tu historia sin lugar a dudas es completamente distinta.

Hay otro que en una época no muy larga de mi juventud veinteañera produjo en mí ciertas descargas eléctricas: Nietzsche.

Claro.

Pero después me di cuenta de que él *vio* —voy a ser un poco primitivo en lo que te voy a decir—, y lo que vio lo destrozó en tal forma que...

...lo dejó ciego, en cierta medida, como dice Zweig. Yo también creo que vio, pero de otra manera, porque creyó, como Renan o Juliano, que podíamos volver a empezar cuando ya todo estaba perdido.

¡Ah! Y siempre he tenido otro maestro que es Montaigne. Otro que no se arriesga a plantear cosas conflictivas en ese momento. Imagínate la época.

Es un momento terrible también.

Pero sabía todo: sobre nosotros, sobre el hombre, sobre la gente.

Sobre la condición humana, sobre la amistad.
Iba a decirlo yo también, por Dios.

Para mí La muerte del estratega *es también una reflexión sobre la condición humana.*
Exactamente.

En profundidad y sin concesiones.
Entonces, ha habido Montaigne.

De manera magistral y definitiva.
Hay algo magnífico que dice sobre la amistad. Y su posición frente a la Iglesia, ¡en qué época!, es una cosa...

...que debe saber esquivar y lo hace con una enorme...
...capacidad para mencionar.

Sí, pero él está más cerca de los latinos que de cualquier otra cosa.
¡Hombre, por Dios!

Es el gran latino del siglo XVI.
¡Por supuesto que sí! Hay personas que lo acompañan a uno; te remito a alguien de Roma, lo tengo y me acompaña: Séneca, que es una maravilla.

Y que justamente era una de las lecturas de Montaigne.

Por eso me acordé.

Si yo tuviera que hacer una genealogía que va de Alar el Ilirio a Álvaro Mutis me detendría muy pronto. Hay algunas cuentas en ese rosario genealógco, pero son perlas raras. Es la sensación que tengo. En general es la complacencia, la convivencia, el compromiso lo que prevalece y son raros los que escapan a esas astrosas situaciones.

Pero mira la gente que estamos citando, como el mismo Nietzsche. Tuvo una vida muy difícil. Montaigne, en su provincia, se hace el tonto al no meterse en nada y eso que tiene amigos poderosos de la corona que le habrían podido...

Nunca quiso.

No, por supuesto.

Al parlamento local dijo que sí.

Sí, porque se lo pidieron.

Y su gran amigo, Étienne de la Boétie, al que dedica justamente su ensayo sobre la amistad, es un hombre del todo ajeno al poder. El gran respeto de Montaigne hacia el amigo.

Ah, no, el amor.

Sí, el amor al amigo.

No es eso. Es curioso que, después de este examen en el que liquidamos tantas cosas, veamos derrumbarse tantas más y nos remitamos de pronto a Montaigne, a Séneca, a Nietzsche, a Renan. Tampoco estamos tan solos.

No, aun cuando se trata de una soledad abismal.

No, un momento, porque está mi nieto Nicolás.

Que nos ha estado acompañando en estas charlas, como nos lo dice desde esa fotografía, al igual que mis hijas y tus hijas, y Santiago y, por supuesto, Carmen. A propósito, estoy dejando para una tercera charla el tema del amor, de tu himno al amor.

Te quiero adelantar que lo que hago decir y hacer a Alar en relación con la mujer, con Ana, es mi convicción.

Que es extraordinaria, por eso le quiero dedicar más palabras a ese tema.

Vamos a trabajarlo un día.

Sí, es lo que haremos en la próxima conversación.

Me mandaron varios ejemplares del disco; un día aburrido en que no tenía nada que hacer y no quería leer nada me senté aquí y lo puse. Te juro que nunca tuve la conciencia de que era yo el que estaba hablando. Era como una historia que me estaban contando y pensaba: "sí, pero claro", aunque no como una cosa ajena, ¿me entiendes?, sino como, no sé, una especie de aparición.

Ajá, y es parecida a la sensación que yo tuve escuchándote, con la enorme diferencia de que te estabas oyendo a ti mismo, pero es muy diferente a la sensación de leerte, excepto cuando lo hago en voz alta.

Es que la atención a la lectura es otra cosa. Eso de la escritura es una invención egipcia, en cambio la voz...

Es otra cosa.

Hijito mío, nació con Adán y Eva.

Sí. Es una manera de recuperar los orígenes mediante ese intermediario que es la escritura, que forma parte de esa voz.

Pues sí, por eso de pronto hubo algo muy raro porque empecé a notar en el texto cosas que decía yo: "eso está bien, es lo que yo pienso", y no: "eso está bien o mal", sino "eso es lo que yo pienso". Así es y ya.

Álvaro convenciendo a Álvaro. Una forma muy peculiar de complicidad contigo mismo, que me parece tan magnífica como la que acostumbraban Flaubert y Borges.

Tal vez sí. Finalmente, cuando escuché esto dije: sí, esto es lo que yo quería decir, y entonces me acordé de la frase de Borges y pensé: ¡pero bueno, eso está bien!

TERCERA CONVERSACIÓN

Julián Meza: *Está en tu obra. Todo lo que has leído está ahí y, más aún, lo has hecho de una manera muy especial. No eres un lector de este continente. En otras palabras, no eres un lector municipal.*

Álvaro Mutis: Mira, yo he descubierto en libros franceses sobre Bizancio aspectos maravillosos.

Uno de tus primeros libros fue, como me dijiste, una historia de Bizancio de un autor francés. ¿No es así?

Exacto, y es muy bueno. Me he encontrado unas obras magníficas; hallé una edición original del libro sobre Sainte Hélène, de De Las Cases, en donde hay aspectos brutales. Como ya comentamos, encontré algo de una rotunda belleza en la costa de Ravena, en Sant'Apollinare in Clase y en Sant'Apollinare in Monte, que son iglesias bizantinas, llenas de pinturas.

Intactas.

Y de frescos admirables. En Venecia no está mal la cosa, pero hay algo que debemos reconocerle a los turcos: en Constantinopla está intacto mucho del mundo bizantino. Santa Sofía conserva corredores enteros de frescos impecables. ¡Ah, qué cosa!

Yo tengo la sensación de que vi más frescos bizantinos en la iglesia griega de Constantinopla que...
....los que hay en Santa Sofía. La iglesia griega tiene, a mi juicio, algunos de los más bellos que he visto.

Son extraordinarios, desde la entrada.
Son de los más bellos que he visto.

Y fueron cubiertos para que no los destruyeran los enemigos de las imágenes. Perdona que te interrumpa, pero ahora recuerdo que me llamaron de la Embajada francesa para ir el 22 o el 23 de julio.
Sí, el 23.

Es una comida que te ofrecen como homenaje y te agradezco muchísimo la invitación.
Puse tu nombre y el de tu esposa; quiero que vayas.

Por supuesto que iré.
Es una medalla republicana, perdóname, creada por Napoleón Bonaparte cuando comenzó su...

¿Su ascenso?

Sí, la *Légion d'Honneur*.

Veo esto como un homenaje republicano a la poesía bizantina y griega de La muerte del estratega. *Por cierto, quiero publicar tres poemas tuyos en la revista que dirijo.*

Me gustaría mucho que publicaras ese poema mío que comienza diciendo: "Pienso a veces que ha llegado la hora de callar".

Por supuesto, en la edición de Visor.

¿La tienes?

Sí, la tengo.

Déjame ver y yo te llamo, porque inédito no tengo nada. Tanto en la edición del premio Reina Sofía de la Universidad de Salamanca, como en Visor y en el Fondo de Cultura está todo.

Me parece que reiterar es una tarea importante. Más aún, quiero que elijas los poemas que pudiera publicar.

Me gustaría, déjame pensar. Yo te digo cuáles de los que están en ese libro.

Magnífico. Ahora volvamos a nuestra tarea.

A trabajar.

Exactamente, como decía Baroja cuando a los ojos de los otros parecía descansar. En algún momento dije una necedad. Afirmé que Renan era un autor que, según yo, había influido decisivamente en ti. Sigo creyendo que es un autor importante para ti, pero su obra me produce ahora la idea de que, pese a las convergencias, no se trata de vidas paralelas, sino de vidas divergentes. Renan escribe una obra en donde percibe la realidad poéticamente, como me parece que ocurre en tu obra: percibes el mundo a través de la naturaleza, incluida la especie humana, que forma parte de esa naturaleza. Sin embargo, me he dado cuenta de que hay un aspecto en el que no coincides con Renan y que es la percepción que tienes de lo divino, propio de los grandes griegos. Creo que eres uno de esos griegos que, precisamente por serlo, te permite escribir a propósito de Alar, quien prefería una Venus mutilada a reliquias religiosas. Y creo que es esto te hace diferente a Renan.

¿Y qué me dices de las cariátides que están en la Acrópolis?

¡Celestiales!
Cuando las vi me quedé paralizado.

Es la "oración en la Acrópolis".
Eso es lo divino.

Definitivamente.

Pero me ibas a preguntar hoy del amor.

Sí, pero como preludio antes de llegar al tema, me parece que lo que Borges dijo de este libro es perfecto. Tenía razón porque contra este mundo horrible en el que vivimos, la única solución, salvación y salida, puesto que ya no hay Grecia, es el amor. Decisivamente.

El amor, sí, pero con ciertas condiciones.

Por supuesto, y es de lo que vamos a hablar hoy, pero antes de llegar a este punto, que a mí me parece fundamental, quisiera hablar de ciertas cosas que me siguen preocupando. Vives en un mundo en donde casi nadie puede escapar a la tentación política. Todos, o casi todos nuestros amigos han sucumbido a esta especie de maleficio. ¿Cuándo tuviste conciencia por primera vez de que la política, cualquiera que sea su signo —demócrata, republicana, conservadora, liberal, lo que quieras— es un peligroso compromiso del hombre, tal y como dice tu personaje en tu magnífico poema?

Desde muy niño, tenía entonces ocho o nueve años, supe que mi padre, que pertenecía a una familia directamente vinculada con el sabio Mutis, con José Celestino y con todo lo demás, tenía una posición muy destacada en Colombia, era un hombre ultraconservador. Yo era muy joven cuando murió mi padre, a los treinta y tres años. Hasta entonces iban amigos suyos a la casa, tales como el secretario del presidente, el secretario privado del presidente conservador, el general Ospina, y don Carlos Holguín. Iban amigos políticos a la casa, sobre todo en Bélgica, cuando estaban de paso por Europa. Y siempre me fastidiaron porque todo el tiempo estaban hablando de política: que si en el senado esto, que si en el partido lo otro. Sencillamente todo eso me resultaba ajeno, me molestaba. Y así permanecí. Jamás he votado, como te he dicho varias veces; jamás he firmado un manifiesto político de ninguna especie, y es que no me interesa ese juego de ambiciones personales disfrazado de política, con el nombre de política y de servicio al Estado y al ciudadano, que no es cierto, pues no hay tal cosa.

Sí, porque se trata de una auténtica farsa.
¡Una farsa, sí! Desde muy joven tuve esa convicción y con esta afición que tuve por la historia también desde muy joven, desde los trece o catorce años, ¿qué es lo que ves? Pues, naturalmente, que todos estos pretextos de servir a la comunidad, esa mentira infinita, necia, vacía, termina en nada, en crímenes o en verdaderas carnicerías, por lo menos en la historia de Occidente, también en la del islam, un poco en Grecia y también en Bizancio. La historia de los cruzados

—ya lo hemos comentado varias veces, pero quiero insistir en ello— en una época de Europa en donde ganarse la vida para este tipo de miembros de la nobleza era muy difícil porque dependían del rey, de conexiones a todos los niveles políticos (no políticos, sino de poder). Y eso te da una idea de que las cosas se han repetido hasta la náusea, infinitamente. Por eso, sencillamente no tengo ningún interés, no tengo antena para recibir ninguna clase de información, mensaje o voz que tenga que ver con eso.

Esta temprana conciencia de la política te lleva a la idea de concebir un personaje como el Ilirio.

Es obvio y sé que me adelanto un poco, pero justamente ese respeto del Ilirio, más bien esa condición del Ilirio de vivir su vida y las cosas que cada día le propone la suerte, el tiempo, lo que sea, le permite tener el amor que tuvo.

Sólo puedes amar teniendo esa consistencia.

Sin lugar a dudas, y, por lo mismo, sin exigirle a la otra persona ningún servicio. Nada de que yo te quiero y entonces tú debes. Nada; no me debes nada.

Te quiero y punto.

Así: te quiero y punto.

Eso no es política.

Se quieren profundamente y lo cierto es que Ana y Alar viven su vida y su destino.

Sin condiciones.

Yo sé que hoy hablar de esto parece el discurso de un loco, porque está condicionado por los engranajes de la política, que tienen una conexión absoluta con los de la economía, el comercio, el dinero, la banca. Todo es lo mismo, mi querido Julián.

Claro, pero lo que estás diciendo no es en absoluto loco, sino de una gran sensatez.

Sí, pero hoy en día esa sensatez...

...no tiene lugar.

No existe y es inaceptable.

A fin de cuentas, una locura.

A mí me lo han dicho, no sé cuantas veces: "¡ah, pero tú eres de derecha!" Pues no, ¡jamás! Lo único peor que he conocido y concibo después de la extrema izquierda es la extrema derecha. No me interesa nada de eso.

En definitiva, quien diga que eres un hombre de derecha está profundamente equivocado.

Pues me lo han dicho hasta el cansancio.

Por eso me identifico contigo. A mí también me han dicho muchas veces que soy un hombre de derecha porque denuncié el totalitarismo soviético, porque sigo denunciando toda esta miseria humana que me parece insoportable.

Ahora, si tienes la afición de leer historia desde muy joven, casi desde que eres adolescente, entiendes que la historia es una cadena de interminables errores de la especie política. De pronto te quiero decir, no sé porque se me ocurre, tal vez porque hoy encontré justamente entre los libros que buscaba la biografía de San Francisco de Asís, de Joergensen, que es un libro en edición francesa. Con esa posición de San Francisco de Asís estoy en absoluto acuerdo: con el niño, con el joven, no rico, pero sí hijo de un padre negociante en telas, que un día se cae del caballo y de pronto *ve*.

Y mejor que Paulo de Tarso.

Paulo es digno de los que hoy nos gobiernan; San Francisco crea luego su comunidad, reúne a cuatro mil.

¿A tantos?

Y después muchos más.

Después más, pero ¿de entrada?

Se calculan cuatro mil. Luego lo llama el Papa y le dice: "tú vas a ser el jefe, el prior, el director de esa comunidad". Él responde: "no, yo soy uno más", y no aceptar le ocasiona una serie de problemas. Así crea la orden con unas dificultades tremendas y para que la conduzcan propone a algunos que ya tienen ciertos compromisos con el Vaticano; él muere en la más absoluta pobreza y con la convicción de que hizo lo que tenía que hacer. A mí me fascina.

¡Obviamente!
   Y no tengo, te quiero decir, una particular debilidad por los santos.

Pero sí una particular debilidad por hombres como él.
   En cambio, por un santo como Ignacio de Loyola no tengo ninguna debilidad y eso que estudié con los jesuitas en Europa.

No es tu camino. Nunca pudiste ser jesuita, nunca podrías haberlo sido. Franciscano sí eres, en el sentido del hombre San Francisco. El Estratega es un franciscano.
   Totalmente.

Un hombre limpio.
   Justo; pero volvamos con Alar y veamos qué es lo que vive con Ana Alesi, y lo que le dice: "tú vive tu vida, yo vivo la mía; te adoro, te amo profundamente, pero..."

Tu vida es tu vida.

Es otra, y la mía es ésta, y ya.

Esa maravillosa renuncia de que es capaz Alar nos habla de un hombre en el sentido pleno de la palabra. Sólo alguien así puede ser capaz de decir adiós a alguien que ama. Su vida es estar con ella, pero como no pueden estar juntos, la deja ir. Esta es, a mí parecer, una maravillosa historia de amor.

Es como si le dijera: "no te voy a arruinar la vida con esa continua presión y chantaje de la relación amorosa que acaba siendo una pesadilla".

Y que no tiene sentido.

Un momento. En efecto, no lo tiene pero yo diría algo peor: el amor no está ahí, no es ése.

El amor está en la renuncia, en la capacidad para decir "no se puede y adiós".

Justo.

Ahora bien, yo creo que en esta reflexión tú vas mucho más allá del amor; ahí la opinión de Borges es parcial porque no se atreve a decir lo que a fin de cuentas piensa. Por supuesto que entendió perfectamente la conciencia del Ilirio, que lo lleva a pensar que cualquier intento de comunicación con el hombre es un fracaso, y no es sólo en el tema del amor, sino en todos los temas.

Es un diálogo de sordos.

Exacto, y la historia es eso: un diálogo de sordos porque no hemos aprendido nada de nada.

Nadie supo nada.

Y ya no podemos saber o, como lo dices perfectamente en palabras del Ilirio: ya no podemos poder. Ahora, y esto me lleva a una confidencia, ¿con qué amigos has logrado realmente comunicarte a lo largo de tu vida?

¡Ay, mi querido Julián! Tengo un amigo que se llama Álvaro Castaño Castillo. Nos conocimos de niños. Nos dejamos de ver durante muchos años y ya entrados en la vida nos volvimos a encontrar; se creó una amistad llena de afectos, en la que compartimos muchas de nuestras preocupaciones y ocupaciones. Mi tocayo me acompaña en cada paso de mi vida. Y ahora viene Gabo, amigo ejemplar y regalo de los dioses. Fui con él a Estocolmo, a donde lo acompañé a recibir su premio Nobel.

Él te llevó también a donde nunca irías, según tu poema.

Sí, a Estambul. ¿Tú sabes lo que es un amigo que te dice: "te voy a llevar a Estambul para destruir ese poema tuyo"? Pues sí, esa es nuestra relación.

Extraordinaria.

He tenido otros dos amigos, ya muertos. Uno era un judío polaco, encargado del Centro de Información de la Embajada polaca en Colombia. Al principio hablaba algo de español, pero conocía muy bien el francés. Le dijeron que yo hablaba francés, me contrató y nos hicimos amigos. Lo que yo debo a ese hombre en orientación de lecturas y de escrituras es algo único. Hay otros dos amigos excepcionales y siempre presentes de quienes te quiero hablar. Uno es Eduardo Zalamea. Yo nunca he mostrado anticipadamente un libro, un poema mío, así se trate de una página. Pues bien, el primer poema que yo escribí fue la "Oración de Maqroll el Gaviero". Lo leyó y me dijo: "Alvarito, esto está bien, muy bien y lo voy a publicar." Ya publicado me dijo: tiene los siguientes errores y me hizo una lista. Volví a escribir el poema tres veces, se lo llevé y me dijo: "está mucho mejor, Alvarito, y ahora puedes incluirlo en tu libro". Esa fue también mi relación con Casimiro Eiger, el polaco. Con él no aprendí a hablar su idioma pero sí aprendí mucho. El otro amigo fue Ernesto Volkening, oriundo del sur de Alemania, que fue a Colombia a ver a su padre. Cuando llegó le dijeron que su padre acababa de morir y se quedó en Colombia; era un hombre de vasta cultura, profesor, o mejor un sabio graduado en Heidelberg.

¿Era el dueño de una librería en Bogotá?
No.

Un amigo extraordinario.
Por supuesto. Cuando leyó *La nieve del almirante* pensé: "me la va a hacer pedazos", porque yo me quedo siempre con una gran duda sobre lo que escribo y soy muy autocrítico. Realmente me autotorturo en cierta forma.

Como les ocurría a Flaubert y a Proust.
Pero, en fin, las anotaciones que me hizo fueron de un cariño y de una precisión tal que me pusieron en paz con la novela. Esos son los amigos. No sé si me estoy saliendo del tema.

No, de ningún modo. Tal vez me equivoco, pero te falta uno.
Dime.

Nicolás Gómez Dávila.
¡Ah, bueno! Mira, es que el problema con Nicolás, aunque con Nicolás nunca hubo ningún problema, es que se trata de un asunto de orden familiar. Nicolás me adoptó como hijo. De eso nunca hablamos, jamás se dijo nada, pero su actitud era la de un padre.

Hay amigos que son padres.

¡Claro!

Se trata de hombres como algunos de los que estamos hablando.

Por supuesto. Nicolás tenía, tiene, porque para mí está vivo, Nicolás está aquí, es una cosa de la sangre.

Sí, yo tuve una muy mala relación con mi padre de niño y lo recuperé cuando ya era un hombre, cuando tenía treinta años. A partir de entonces fue una relación magnífica, pero tengo la sensación de que he tenido muchos padres. Es curioso, pero yo no soy contemporáneo de mi generación; no tengo amigos de mi edad. Todos ellos se quedaron congelados en la izquierda y son, para mí, una generación perdida o extraviada, mientras que, por azar, tuve una fortuna (muy griego todo esto), pues he sido amigo de mis maestros, que han sido como mis padres, y tengo una genealogía de padres que a mí me parece fuera de lo común.

¡Qué maravilla!

Castoriadis, Lefort, Morin, Furet, Octavio Paz, Alejandro Rossi y ahora Álvaro Mutis. Soy un hombre inmensamente rico en materia de amistad; un afortunado, en verdad. Quizá te pregunté quiénes han sido tus amigos para decirte quiénes son mis amigos. Estas amistades para mí han sido decisivas y de algu-

na manera siento como si hubiera una especie de relación sanguínea con todos ustedes. Creo que es lo que me estás diciendo de Gómez Dávila, al que ahora conozco gracias a ti y que he leído con verdadero fervor. Pero volvamos a lo nuestro. Pienso que tú, al igual que Alar, eres un griego o un romano de Oriente.

¿Ah, sí?

Eres un guerrero, pero no en el sentido estricto de la palabra.

No, por supuesto que no.

Ni siquiera Maqroll es un guerrero.

No, ¡qué va!

Maqroll, al igual que tú, está en la batalla, pero de una manera diferente. Da la batalla, pero no de manera napoleónica.

Por supuesto que no.

Entonces me pregunto por qué un hombre como tú, que al igual que tu personaje es austero por carácter y no por religiosidad, es también Francisco de Asís y eliges un estratega que mata en la batalla sin piedad, pero sin furia, como escribes perfectamente.

Porque en ese momento la otra oportunidad que tenía era entrar en el mecanismo político del imperio, en el Estado, en el poder. Entre el poder y lo que pase con las armas, elige lo que pase con las armas y ya. No es que adore las armas pero le dan, si bien no una libertad, sí una disponibilidad que el Estado no le daría, porque cada hora de trabajo en el Estado es una exigencia, y se diría a sí mismo: "esto no lo puedes hacer, no escribas eso, no firmes eso, el ministro aquél va a decir tal y cual", mientras que las armas no le dirán nada porque las maneja él.

Te hago la pregunta porque tengo una conciencia que no me parece enloquecida. En tu tiempo, el camino no podían ser las armas, sino las otras, que son las letras.

Las letras, sí, pero entendámonos, Julián. Son las letras cuando —iba a decir "cuando se me da la gana", pero no es eso— me nace escribirlas. Nunca he sido escritor profesional, tú lo sabes muy bien, hemos hablado de esto veinte veces.

Fue tu gran elección: no vivir de las letras.

Escribir es decir lo que quiero cuando quiero y en mi vida ha habido períodos de hasta cinco años de no escribir una palabra.

Ése es un escritor.

Además, me pasa esto, que ya te dije, y es que soy víctima de una autocrítica que es una tortura, a tal punto que nunca leo un libro mío ya editado porque empiezo: "¡qué burro!, no, Maqroll no tenía que estar ahí, ¡por Dios!, y por qué se va a encontrar con esa mujer si no tiene nada que ver con esto", pero me doy cuenta de que el diseño original corresponde a una manera de ver en el momento de escribir, que hay que dejarlo.

Claro, Ilona podría no tener nada que ver con Maqroll y, sin embargo, tiene todo que ver porque es el momento en el cual escribes esa novela.
Exactamente.

Eso explica todo. Ahora se trata de una pregunta; perdimos el camino hace ya muchos siglos, pero ¿qué podemos hacer para evitar, o por lo menos posponer, el momento en que los bárbaros terminen por borrar esa especie, de la cual formamos parte y a la que pertenecía Alar? ¿Con qué armas se puede resistir hoy a la barbarie?
No hay armas para resistir a la barbarie. Todos los instantes de cada minuto de nuestra vida hoy están cargados de esa agresión, de barbarie absoluta. No hay nada que hacer. Por eso escribí un artículo titulado "Fallamos como especie". Fracasamos. Los bárbaros son los ganadores y van a arrasar con todo. ¡Por Dios!, no hay nada que hacer, Julián. ¿Establecer ahora credos, reglas, mandamientos? ¿Para qué?

Ese fue el sincero fracaso de Huizinga cuando escribió En los albores de la paz *y estableció condiciones para el restablecimiento de la civilización.*

Exactamente.

Escribió: "todavía nos podemos salvar si hacemos esto."

¡Pues no, hombre!

Hicimos lo que hicimos y ya se hundió todo.

Por supuesto.

Quizá Zweig.

El Zweig de *El mundo de ayer.*

Sí, que es una maravilla de libro en donde añora otra Europa, de la misma manera que añoramos Grecia o Bizancio.

Pues bien, lo que hoy en día vivo, pienso, es simplemente no hacer nada, ni caso del horror que estamos viviendo.

No tiene sentido ocuparse de lo que ocurre para volver a escribir la historia que ya se escribió.

Por supuesto que no; además, si hubo un cambio total en la historia, es el costo en millones de vidas.

Que acaba con cualquier esperanza.

Porque no hay camino.

Vamos al tema que nos faltaba. Evidentemente, el héroe de tu relato es Alar; pero hay otro personaje que me parece tan importante como él, aun cuando le dediques sólo unas líneas; comparadas con las páginas que le dedicas a Alar son minúsculas, pero magníficas. Al margen de su condición social, hija de banqueros, Ana la Cretense es una extraordinaria puesta en relación con la máscara. Es una mujer reposada, de clara inteligencia y agudo sentido crítico. Yo nunca había leído una definición tan perfecta de una mujer como la que haces de ella en siete palabras. Esta manera de ser remite, como escribes, a una secreta economía, de sabor muy antiguo, me imagino, y te pregunto: ¿como aquella que ya está, de una vez y para siempre, en los misterios de Eleusis, en la máscara cretense, en una Venus mutilada o en el propio Ilirio?

No, es exacto. Ana es exactamente la persona con quien tenía que encontrarse el Ilirio.

Antes de hablar de ella la habías definido ya al hablar del Ilirio.

Por supuesto.

Ninguna otra, sin lugar a dudas.

Por las condiciones de Ana y por las del Ilirio no va a haber esa especie de competencia erótico-sentimental que lleva a reproches tales como "anoche en la cama estuviste muy flojo", "y tú, querida, anoche ni siquiera sabías con quien estabas". Todas esas cosas no existen entre ellos. Los dos están en lo suyo y cada uno lo hace perfecto, natural, libre, sin trabas y sin dejar ninguna clase de facturas, chantajes e historias. Nada.

Si tu literatura es ajena a algo es a los libros, y eres un hombre de libros, entre otras cosas.
    Así es.

Tu literatura está en relación con tu vida.
    Por supuesto.

El Ilirio, como ya te lo he dicho, es Álvaro Mutis. En definitiva, eres un guerrero implacable. Pues bien, cuando Irene exige el regreso de Ana, debido a sus compromisos financieros con los Alesi, todo acaba para Alar. Ella es, como él dice, lo único que lo ata al mundo y en este punto estamos en el tema: lo único que lo ata al mundo es el amor. No hay otra.
    Ese amor.

Ese amor, claro, pues no es el amor, sino ese amor, cierto, verdadero, definitivo, que yo creo que la mayor parte de los hombres no sabemos vivir.
    ¿Te imaginas a Alar diciéndole: "no, Ana, yo te quiero mucho. Por favor, quédate porque yo te quiero y es tu deber poner atención a este amor que te estoy teniendo?"

Te tienes que ir y te vas. Punto. Eso es...
    ...el amor.

Sí, eso es el amor. Aunque, claro, se trata de ese amor.
Pero ese amor es el amor, porque no hay otro. Le dice:
"te adoro, pero te tienes que ir, y te vas. Adiós".
    Pero sigo contigo dentro de mí, te llevo adentro.

Eso me va a conducir a la última batalla y voy a
morir con este amor.
    Y cuando le dan el flechazo, ¿qué es lo que él
piensa?

En ella, porque sin ella ya no tiene una razón para
vivir.
    No, definitivamente.

Se acabó todo.
    No hay nada más.

Era su único vínculo con el mundo.
    Y a fin de cuentas no pasa nada, ni siquiera la
llora.

Sí, no pasa nada.
    Lo lamenta.

Aquí yo insisto diciendo algo que te pregunté antes y
que era una especie de estrategia para llegar a este

punto. Sin lugar a dudas, el estratega es el militar,
pero, ante todo, Alar es el guerrero del amor, de la
amistad, de los libros, de la escritura, de la vida.
Está muy bien.

Y ese guerrero es Álvaro Mutis, según yo.
Mil gracias, me satisface mucho que lo digas.

Esto confirma que, en efecto, La muerte del estra-
tega es también, además de todo lo que hemos dicho,
una bella y triste historia de amor, que es el único
corolario posible en la vida de un personaje que tran-
quilamente se despide de ella por un fatalismo de raí-
ces hondas, como dices. Quizá eleúsicas, me imagino.
¡Pero claro!

Es el katatogeón *de los griegos.*
Exactamente.

Que quiere decir: por necesidad.
Cierto, muy cierto.

Creo que he leído muchas bellas y tristes novelas de
amor, como la de Flaubert, de Tolstói, de Albert Cohen
y las de muchos otros, pero nunca había leído un re-
lato que termine de esta manera, dado que la renun-
cia del personaje es única. Flaubert mata a la pobre
de madame Bovary no a causa de su infidelidad,
sino de sus deudas; Tolstói mata a Anna Karenina

por su infidelidad, dado que se trata de un moralis-
ta; Albert Cohen hace que se suiciden juntos los dos,
que tomen el veneno al final y es una cosa extraor-
dinaria.

Hoy me cayó en las manos la edición original.

¿De Cohen?
Sí, en francés.

Y en esta lengua, que no era originalmente la suya,
escribe esta novela que es un verdadero poema. Me
parece que junto con el de Flaubert, el de Proust y el
de Céline, el francés de Cohen en Bella del señor *es*
una auténtica sinfonía. Esta bella y triste historia de
amor me parece sublime, pero la historia de Alar
y Ana...

Yo eliminaría la palabra triste; y es que dentro
del ritmo, de la lógica, de la vida del hombre...

De la vida de este personaje...
...eso tenía que pasar.

Sí, tienes razón.
Y no creo que el Ilirio pensara nunca: "¿y si
estuviera aquí?" No, no hay nada. Simplemente,
no está.

Admito que no está. La verdad es que yo insistí en lo
de triste por lo del comentario de Borges, pero en

realidad no es que lo sea, sino de una extraordina-
ria dignidad. Tu personaje es un hombre de una per-
fecta dignidad. Y la muerte del estratega, después de
que Ana regresa a Bizancio, es el corolario de una
vida digna, saludada por los oficiales que, aun sa-
biendo que si se van con él no volverán, someten su
destino a la suerte para no abandonarlo.

¿Por qué? Porque en su decisión hay una lógica profunda de la vida, del destino.

De la moira.
A la que ellos se someten.

El más grande homenaje que le haces a tu persona-
je es esta voluntad de sus oficiales que se encomien-
dan a la fortuna para saber quién va con él y quién
no, y van a morir dignamente junto con un hombre
digno. Álvaro, aquí rebasaste todos los límites de la
escritura y estoy seguro que de que no titubeaste.

No, no. Espérate un momento.

Ahí no pensaste que estabas escribiendo algo que a
la mejor no te iba a gustar.

No. En esa narración corregí ciertos problemas,
pues hay algo que siempre me ha obsesionado
mucho y es el ritmo de la narración, el ritmo ver-
bal. Hice cambios en la escritura, pero de la
esencia nada.

Y es algo de lo que hemos hablado. El ritmo de este relato es sencillamente poético.

Sí. Haber encontrado exactamente el andar de las palabras que tienen que ver con lo que estoy contando sí lo logré, en otros no.

En este caso está hecho y muy bien. Si Mallarmé lo hubiese podido leer te lo habría robado.

Yo encantado se lo habría regalado.

No, te lo habría robado porque este equilibrio de la escritura que encuentras en este pequeño gran libro es extraordinario. Es poesía. No es vulgar prosa, sino poesía, y es lo que Mallarmé decía con respecto a la escritura. Si no me equivoco, afirmaba que lo que está escrito perfectamente en prosa es poesía y este libro es poesía sin lugar a dudas.

En fin, eso lo dices tú.

No lo digo yo, sino el mismísimo Mallarmé, y aunque no lo digas tú te lo endoso porque sabes que así es.

No lo creo.

Pienso que hay dos vigorosos elementos que subrayan las convicciones que alimentan esta obra o que la van hilvanando con la escritura. "Con el nacimiento", escribes, "caemos en una trampa sin salida en la que la razón, la fe, la historia y la política son un juego de niños". Si hay algo con lo que nos podemos mantener vivos en lo sucesivo es con esta idea. No nos sirven absolutamente de nada ni la razón, ni la fe, ni la historia, ni la política. Me parece que das en el blanco.

Pero no se trata de una obsesión. Así es, así vivo yo.

Y quizá desde ese punto de vista, ese amor, el amor de Alar el Ilirio por Ana, es la única razón poderosa para vivir.

Así es.

Así veo yo el final de esta obra.

Sí, porque no hay allí ningún chantaje, ninguna presión.

Ningún falso compromiso.

En efecto.

Por eso el recuerdo de Ana llena de sentido la poca vida que le queda al Ilirio.

Y llena de sentido su muerte.

Claro, que es el siguiente punto. Creo que definitivamente así es ese amor, o el amor, que forma parte de algo mucho más complejo, y también lo dices: la amistad.

Por supuesto.

Alar fue amigo de Ana.

Sí, y perdona que te interrumpa.

Adelante.

Desde hace mucho tiempo he pensado que la amistad es una complicidad o no existe, de la que no se habla, no se menciona, no se dice con palabras.

Por supuesto. Esa es la complicidad que descubrió Cicerón, que encontró Montaigne y que ahora tú me la recuerdas de manera absolutamente magnífica.

Ese ensayo de Montaigne sobre la...

...amistad. Eres de la montaña y te subes a la montaña.

¡Por supuesto!

La complicidad es la secreta armonía que nos une con los otros, con los que queremos, con los que son amigos, compañeros, y es también la conciencia de lo vano, de lo inútil, de lo accesorio que son la política, la historia, la fe, la religión. Eso te da la fortaleza para vivir y aceptar la muerte con el gozo con que el Estratega acepta la muerte.

Sí, que venga como venga. ¿Qué vas a discutir con la muerte, si la muerte te está diciendo: "oiga no sea tonto, usted ya..."

Definitivamente. Y ahora estoy llegando al momento culminante de tu escrito, relato, extraordinario poema que es La muerte del estratega, *aunque creo que ya no tengo nada más que añadir. Haber releído y escuchado este libro magnífico es algo único, como ocurre con todas las grandes obras literarias y me da un aliento vital que no me imaginaba.*

    ¡Qué bueno, Julián, qué bueno!

Si me he permitido recomendárselo a todas las personas que he visto en los últimos días y, en algunos casos, llevarles de plano el ejemplar y el disco para que lo lean y lo oigan, es porque después de volverlo a leer y a oírte he vuelto a empezar a vivir, ¡a mis sesenta años!, Álvaro, y te doy las gracias más sinceras que puedo darle a alguien por haberme hecho entender tantas cosas en tan pocas palabras. Creo que Borges envidiaba o envidió de ti esta economía de la palabra que tanto le gustaba porque en unas pocas páginas dices lo que abstrusos escritores han querido decir en miles de páginas y no han conseguido en absoluto.

    Sí, pero es que si la suma de páginas...

...no significa nada, no hay nada. Tienes el secreto de la escritura de Flaubert, de la escritura de los grandes escritores. Posees esa capacidad mágica de decir en unas cuantas líneas lo que los filósofos que

se han quebrado la cabeza para decir algo no han dicho en dos mil páginas o un poco más.

Y para mentir.

Sí, para engañar a la gente, efectivamente.

Primero para engañarse a sí mismos, y después...

...para engañar a los otros, porque piensan que están diciendo lo que tienen que decir cuando no dicen nada, porque son vacíos, vanos y sobre todo artificiales, dado que no son presocráticos y ni siquiera neoplatónicos.

Hay alguien, al que no hemos mencionado aunque es alguien de quien hemos hablado en las conversaciones anteriores y que a mí me importa mucho: Séneca.

Claro que hemos mencionado a Séneca.

Porque cuando te hablaba de los amigos que he tenido en la vida, Gabo vive a *walking distance* de aquí.

Sí, casi al lado.

Pasan meses durante los cuales no nos vemos. Él está en sus asuntos y de pronto me llama para decirme: "Mutis", no, me dice "Mutilanga".

Desde hace cincuenta años.

"Mutilanga, tenemos que vernos". Y él, ya te lo

he contado, me muestra muchos de sus originales sólo para que los lea y para ver mi reacción.

Un gran sentido de la amistad.
    ¡No! Eso es amor, mi querido Julián.

Esa es una de las formas del amor, porque así es el amor.
    La amistad como una de las formas del amor.

Por supuesto. Los latinos y Montaigne.
    Y todos esos personajes que has puesto en relación con Alar.

Ésa es la amistad y creo que es el concepto más profundo que puede existir.
    Porque, ¿qué pasa con Alar? Él dice: "si le digo a esta mujer que se quede aquí conmigo..."

¿Se va a quedar?
    ¿Y a arruinar a la familia? ¿Se va a ir al pozo toda la relación con la *déspoina* Irene? ¿Qué va a ser eso?

Nos encontramos aquí con el sentido profundo de la amistad, que es la renuncia.
    ¡Claro!

No sé si has leído a ese húngaro llamado Márai.
    ¡Por supuesto que sí!

El último encuentro, *¡qué cosa más extraordinaria!*

¡Hombre, por Dios! ¡Por supuesto! Tú sabes que yo tengo con los polacos y húngaros, sobre todo con los últimos, una debilidad impresionante: ese país, esa gente.

Extraordinaria.

Han tenido una manera de entender al hombre, la conducta, lo que pasa, tan sumamente luminosa e increíble, y mira que les ha pasado de todo, caramba. Han tenido encima a los rusos, a los alemanes...

...a los turcos y a tantos otros. ¡Qué país extraordinario!

¡Oh!, y la música que tienen.

Sin ser griegos tienen una sabiduría griega, porque son gitanos y judíos y magiares. ¡Que mundo mágico! Tengo un amigo, Ándras, que es una forma de la magia. Pero volvamos a lo nuestro, porque se me quedó algo en el bolsillo. Me dijiste cuando empezamos a hablar de tu obra maestra que era una especie de herencia, de testamento literario, o algo por el estilo. ¿Te acuerdas?

Sí, en efecto.

Ahora que terminamos de conversar sobre tu libro me dijiste: "no terminamos, estamos empezando". Y es cierto: no hay punto final, o el punto final es el punto de partida.

Así es.

Me quedó dando vueltas en la cabeza. Definitivamente, tienes razón. Eres un magnífico amigo, una persona única y es algo que quería reiterarte. Por supuesto que yo me comporté estúpidamente cuando te dije: "aquí acabamos esto". Y tienes razón porque apenas estamos empezando.

Y espero que hayamos empezado bien.

Creo que sí y te quiero agradecer, Álvaro, estas magníficas conversaciones que hemos tenido.

Lo mejor de este diálogo es que nos ha permitido estar juntos.

En verdad te agradezco, Álvaro. Estoy feliz ahora que hemos concluido este repaso de un libro que es para mí muchas otras cosas y muchos otros autores, porque Álvaro Mutis es también Álvaro Cunqueiro, Céline, Proust, Valery Larbaud. Todos ellos están presentes en nuestra conversación. Sinceramente, yo nunca había tenido una amistad tan grande como la que tengo contigo y, además, con tantos puntos de vista como nos unen. No podía dejar de decirte esto, Álvaro, y dale un saludo a Carmen, que siempre nos ha acompañado en nuestras charlas, aun cuando físicamente no haya estado presente.

LA MUERTE DEL ESTRATEGA

Algunos hechos de la vida y la muerte de Alar *el Ilirio*, estratego de la emperatriz Irene en el Thema de Lycandos, ocuparon la atención de la Iglesia cuando, en el Concilio Ecuménico de Nicea, se habló de la canonización de un grupo de cristianos que sufrieran martirio a manos de los turcos en una emboscada en las arenas sirias. Al principio, el nombre de Alar se mencionaba junto con el de los demás mártires. Quien vino a poner en claro el asunto fue el patriarca de Laconia, Nicéforo Kalitzés, al examinar algunos documentos relativos al Estratega y a su familia, que aportaron nuevas luces sobre la vida de Alar y alejaron cualquier posibilidad de entronizarlo en los altares. Finalmente, cuando se dieron a conocer en el Concilio las cartas de Alar a Andrónico, su hermano, la Iglesia impuso un denso silencio en torno al *Ilirio* y su nombre volvió a la oscuridad, de donde lo rescatara la ambición política de la Iglesia de Oriente.

Alar, llamado *el Ilirio* por la forma peculiar de sus ojos hundidos y rasgados, era hijo de un alto funcionario del Imperio, que gozó del favor del Basileus en tiempos de la lucha de las imágenes. El hábil cortesano se ocupó bien poco de la educación de su hijo y convino en que la recibiera en Grecia, bajo la influencia de los últimos neoplatónicos. En el desorden de la decadente Atenas, perdió Alar todo vestigio, si lo tuvo algún día, de fe en el Cristo. Tampoco el padre se había distinguido por su piedad, y su alta posición en la Corte la ganó más por su inagotable reserva de sutilezas diplomáticas que por su fervor religioso. Pero cuando el muchacho regresó de Atenas, el padre no pudo menos de asombrarse ante la forma descuidada y ligera como se refería a los asuntos de la Iglesia. Y, aunque se vivía entonces los momentos de más cruenta persecución iconoclasta, no por eso dejaba el Palacio de Magnaura de estar erizado de mortales trampas teológicas y litúrgicas. Gente mejor colocada que Alar y con mayor ascendiente con el Autocrátor, había perdido los ojos y, a menudo, la vida, por una frase ligera o una incompostura en el templo.

Mediante hábiles disculpas, el padre de Alar consiguió que el Emperador incorporase al *Ilirio* a su ejército y el muchacho fue nombrado Turmarca en un regimiento acantonado en el puerto de Pelagos. Allí comenzó la carrera militar del futuro Estratega. Como hombre de armas, Alar no poseía virtudes muy sólidas. Un cierto escepticismo sobre la vanidad de las victorias y ninguna atención a las graves consecuencias de una derrota, hacían de él un mediocre soldado. En cambio, pocos le aventajaban en la humanidad de su trato y en la cordial popularidad de que gozaba entre la tropa. En lo peor de la batalla, cuando todo parecía perdido, los hombres volvían a mirar al *Ilirio*, que combatía con una amarga sonrisa en los labios y conservando la cabeza fría. Esto bastaba para devolverles la confianza y, con ella, la victoria.

Aprendió con facilidad los dialectos sirios, armenios y árabes, y hablaba corrientemente el latín, el griego y la lengua franca. Sus partes de campaña le fueron ganando cierta fama entre los oficiales superiores por la claridad y elegancia del estilo. A la muerte de Constantino IV, Alar había llegado al grado de general de Cuerpo de Ejército y comandaba la guarnición de Kypros. Su carrera militar, lejos de las peligrosas intrigas de la corte, le permitió estar al margen de las luchas religiosas que tan sangrientas represiones despertaron en el Imperio de Oriente. En un viaje que el Basileus León hizo a Paphos en compañía de su esposa, la bella Irene, la joven pareja fue recibida por Alar, quien supo ganarse la simpatía de los nuevos autocrátores, en especial la de la astuta ateniense, que se sintió halagada por el sincero entusiasmo y la aguda erudición del General en los asuntos helénicos. También León tuvo especial placer en el trato con Alar, y le atraía la familiaridad y llaneza del *Ilirio* y la ironía con que salvaba los más peligrosos temas políticos y religiosos.

Por aquella época, Alar había llegado a los treinta años de edad. Era alto, con cierta tendencia a la molicie, lento de movimientos, y a través de sus ojos semicerrados e irónicos dejaba pasar cautelosamente la expresión de sus sentimientos. Nadie le había visto perder la cordialidad, a menudo un poco castrense y franca. Se absorbía días enteros en la lectura con preferencia de los poetas latinos. Virgilio, Horacio y Catulo le acompañaban a dondequiera que fuese. Cuidaba mucho de su atuendo y sólo en ocasiones vestía el uniforme. Su padre murió en la plenitud de su prestigio político, que heredó Andrónico, hermano menor del Estratega, por quien éste sentía particular afecto y mucha amistad. El viejo cortesano había pedido a Alar que contrajera matrimonio con una joven de la alta burguesía de Bizancio, hija de un grande amigo de la casa. Para cumplir con el deseo del padre, Alar la tomó por esposa, pero siempre halló la manera de vivir alejado de su casa, sin romper del todo con la tradición y los mandatos de la Iglesia. No se le conocían, por otra parte, los amoríos y escándalos tan comunes entre los altos oficiales del Imperio. No por frialdad o indiferencia, sino más bien por cierta tendencia a la reflexión y al ensueño, nacida de un temprano escepticismo hacia las pasiones y esfuerzos de las gentes. Le gustaba frecuentar los lugares en donde las ruinas atestiguaban el vano intento del hombre por perpetuar sus hechos. De ahí su preferencia por Atenas, su gusto por Chipre y sus arriesgadas incursiones en las dormidas arenas de Heliópolis y Tebas.

Cuando la Augusta lo nombró Hypatoï y le encomendó la misión de concertar el matrimonio del joven Basileus Constantino con una de las princesas de Sicilia, el General se quedó en Siracusa más tiempo del necesario para cumplir su embajada. Se escondió luego en Tauromenium, adonde lo buscaron los oficiales de su escolta para comunicarle la orden perentoria de la Despoina de comparecer ante ella sin tardanza. Cuando se presentó a la Sala de los Delfines, después de un viaje que se alargó más de lo prudente, a causa de las visitas a pequeños puertos y calas de la costa africana, que escondían ruinas romanas y fenicias, la Basilissa había perdido por completo la paciencia.

Usas el tiempo del César en forma que merece el más grave castigo —le increpó—. ¿Qué explicación me puedes dar de tu demora? ¿Olvidaste, acaso, el motivo por el cual te enviamos a Sicilia?

¿Ignoras que eres un Hypatoï del Autocrátor? ¿Quién te ha dicho que puedes disponer de tu tiempo y gozar de tus ocios mientras estás al servicio del Isapóstol, hijo del Cristo? Respóndeme y no te quedes ahí mirando a la nada, y borra tu insolente sonrisa, que no es hora ni tengo humor para tus extrañas salidas.

—Señora, Hija de los Apóstoles, bendecida de la Theotokos, Luz de los Evangelios —contestó imperturbable *el Ilirio*—, me detuve buscando las huellas del divino Ulises, inquiriendo la verdad de sus astucias. Pero este tiempo, ni fue perdido para el Imperio, ni gastado contra la santa voluntad de vuestros planes. No convenía a la dignidad de vuestro hijo, el Porphyrogeneta, un matrimonio a todas luces desigual. No me pareció, por otra parte, oportuno, enviaros con un mensajero, ni escribiros, las razones por las que no quise negociar con los príncipes sicilianos. Su hija está prometida al heredero de la casa de Aragón por un pacto secreto, y habían promulgado su interés en un matrimonio con vuestro hijo, con el único propósito de encarecer las condiciones del contrato. Así fue como ellos solos, ante mi evidente desinterés en tratar el asunto, descubrieron el juego. En cuanto a mi regreso, ¡oh escogida del Cristo!, estuvo, es cierto, entorpecido por algunas demoras en las cuales mi voluntad pudo menos que el deseo de presentarme ante ti.

Aunque no quedó Irene muy convencida de las especiosas razones del *Ilirio*, su enojo había ya cedido casi por completo. Como aviso para que no incurriera en nuevos errores, Alar fue asignado a Bulgaria con la misión de reclutar mercenarios.

En la polvorienta guarnición de un país que le era especialmente antipático, Alar sufrió el primero de los varios cambios que iban a operarse en su carácter. Se volvió algo taciturno y perdió ese permanente buen humor que le valiera tantos y tan buenos amigos entre sus compañeros de armas y aun en la Corte. No es que se le viera irritado, ni que hubiera perdido esa virtud muy suya de tratar a cada cual con la cariñosa familiaridad de quien conoce muy bien a las gentes. Pero, a menudo se le veía ausente, con la mirada fija en un vacío del que parecía esperar ciertas respuestas a una angustia que comenzaba a trabajar su alma. Su atuendo se hizo más sencillo y su vida más austera.

El cambio, en un principio, sólo fue percibido por sus íntimos, y en el ejército y la Corte siguió gozando del favor de quienes le profesaban amistad y admiración. En una carta del higoumeno Andrés, grande amigo de Alar y conocedor avisado de las religiones orientales, dirigida a Andrónico con el objeto de informarle sobre la entrevista con su hermano, el venerable relata hechos

y palabras del *Ilirio* que en mucho contribuye-
ron a echar por tierra el proyecto de canonización. Dice, entre otras cosas:

Encontré al General en Zarosgrad. Pagaba los primeros mercenarios y se ocupaba de su entrena-
miento. No lo hallé en la ciudad ni en los cuarteles. Había hecho levantar su tienda en las afueras
de la aldea, a orillas de un arroyo, en medio de una
huerta de naranjos, el aroma de cuyas flores pre-
fiere. Me recibió con la cordialidad de siempre, pero
lo noté distraído y un poco ausente. Algo en su mirada hizo que me sintiera en vaga forma culpable e
inseguro. Me miró un rato en silencio, y cuando
esperaba que preguntaría por ti y por los asuntos
de la Corte o por la gente de su casa, me inquirió de
improviso:

—¿Cuál es el Dios que te arrastra por los templos, venerable? ¿Cuál, cuál de todos?

—No comprendo tu pregunta —le contesté.

Y él, sin volver sobre el asunto, comenzó a pro-
ponerme, una tras otra, las más diversas y extrañas cuestiones sobre la religión de los persas y
sobre la secta de los brahmanes. Al comienzo creí
que estaba febril. Después me di cuenta de que
sufría mucho y que las dudas lo acosaban como
perros feroces. Mientras le explicaba algunos de
los pasos que llevan a la perfección o Nirvana de los
hindúes, saltó hacia mí, gritando:

—¡Tampoco es ese el camino! ¡No hay nada que hacer! No podemos hacer nada. No tiene ningún sentido hacer algo. Estamos en una trampa.

Se recostó en el camastro de lides que le sirve de lecho y, cubriéndose el rostro con las manos, volvió a sumirse en el silencio. Al fin, se disculpó diciéndome:

—Perdona, venerable Andrés, pero llevo dos meses tragando el rojo polvo de Dada y oyendo el idioma chillón de estos bárbaros, y me cuesta trabajo dominarme. Dispénsame y sigue tu explicación, que me atañe en mucho.

Seguí mi exposición, pero había ya perdido el interés en el asunto, pues más me preocupaba la reacción de tu hermano. Comenzaba a darme cuenta de cuán profunda era la crisis por la que pasaba, Bien sabes, como hermano y amigo queridísimo suyo, que el General cumple por pura fórmula y sólo como parte de la disciplina y el ejemplo que debe a sus tropas, con los deberes religiosos. Para nadie es ya un misterio su total apartamiento de nuestra Iglesia y de toda otra convicción de orden religioso. Como conozco muy bien su inteligencia y hemos hablado en muchas ocasiones sobre esto, no pretendo siquiera intentar su conversión. Temo, sí, que el Venerable Metropolitano Miguel Lakadianos, que tanta influencia ejerce ahora sobre nuestra muy amada Irene y que tan pocas simpatías ha demostrado siempre por vuestra familia, pueda enterarse en detalle de la situación del *Ilirio* y la haga valer en su contra ante la Basilissa. Esto te lo digo para que, teniéndolo en cuenta, obres en favor de tu hermano y mantengas vivo el afecto que siempre le ha sido dispensado. Y antes de pasar a otros asuntos, ajenos al General, quiero relatarte el final de nuestra entrevista. Nos perdimos en un largo examen de ciertos aspectos comunes entre algunas herejías cristianas y las religiones del Oriente. Cuando parecía haber olvidado ya por completo su reciente sobresalto, y habíamos derivado hacia el tema de los misterios de Eleusis, el General comenzó a hablar, más para sí que conmigo, dando rienda suelta a su apasionado interés por los helenos. Bien conoces su inagotable erudición sobre el tema. De pronto, se interrumpió y mirándome como si hubiera despertado de un sueño, me dijo mientras acariciaba la máscara mortuoria que le enviaste de Creta:

—Ellos hallaron el camino. Al crear los dioses a su imagen y semejanza dieron trascendencia a esa armonía interior, imperecedera y siempre presente, de la cual manan la verdad y la belleza. En ella creían ante todo y por ella y a ella sacrificaban y adoraban. Eso los ha hecho inmortales. Los helenos sobrevivirán a todas las razas, a todos los pueblos, porque del hombre mismo rescataron las fuerzas que vencen a la nada. Es todo lo que podemos hacer. No es poco, pero es casi imposible lograrlo ya, cuando oscuras levaduras de destrucción han penetrado muy hondo en nosotros. El Cristo nos ha sacrificado en su cruz, Buda nos ha sacrificado en su renunciación, Mahoma nos ha sacrificado en su furia. Hemos comenzado a morir. No creo que me explique claramente. Pero siento que estamos perdidos, que nos hemos hecho a nosotros mismos el daño irreparable de caer en la nada. Ya nada somos, nada podemos. Nadie puede poder.

Me abrazó cariñosamente. No me dijo más, y abriendo un libro se sumió en su lectura. Al salir, me llevé la certeza de que el más entrañable de nuestros amigos, tu hermano amantísimo, ha comenzado a andar por la peligrosa senda de una negación sin límites y de implacables consecuencias.

Es de comprender la preocupación del higoumeno. En la Corte, las pasiones políticas se mezclan peligrosamente con las doctrinas de la Iglesia. Irene estaba cayendo, cada día más, en una intransigencia religiosa que la llevó a extremos tales como ordenar que le sacaran los ojos a su hijo Constantino por ciertas sospechas de simpatía con los iconoclastas. Si las palabras de Alar eran repetidas en la corte, su muerte sería segura. Sin embargo, el *Ilirio* cuidábase mucho, aun entre sus más íntimos amigos, de comentar estos asuntos, que constituían su principal preocupación.

Su hermano, que sorteaba hábilmente todos los peligros, le consiguió, pasado el lapso de olvido en Bulgaria, el ascenso a la más alta posición militar del Imperio, el grado de Estratega, delegado personal y representante directo del Emperador en los Themas del Imperio. El nombramiento no encontró oposición alguna entre las facciones que luchaban por el poder. Unos y otros estaban seguros de que no contarían con *el Ilirio* para fines políticos y se consolaban pensando en que tampoco el adversario contaría con el favor del Estratega. Por su parte, los Basileus sabían que las armas del Imperio quedaban en manos fieles y que jamás se tornarían contra ellos, conociendo, como conocían, el desgano y desprendimiento del *Ilirio* hacia todo lo que fuera poder político o ambición personal. Alar fue a Constantinopla para recibir la investidura de manos de los Emperadores. El autocrátor le impuso los símbolos de su nuevo rango en la catedral de Santa Sofía y la Despoina le entregó el águila de los *stratigoi*, bendecida tres veces por el Patriarca Miguel. Cuando el Emperador León tomó el juramento de obediencia al nuevo Estratega, sus ojos se llenaron de lágrimas. Muchos citaron después este detalle como premonitorio del fin tristísimo de Alar y del no menos trágico de León. La verdad era que el Emperador se había conmovido por la forma austera y casi monástica como su amigo de muchos años recibía la más alta muestra de confianza y la más amplia delegación de poder que pudiera recibir un ciudadano de Bizancio después de la púrpura imperial.

Un gran banquete fue servido en el Palacio de Hieria. Y el Estratega, sin mencionar ni agradecer al Augusto el honor inmenso que le dispensaba, entabló con León un largo y cordialísimo diálogo sobre algunos textos hallados por los monjes de la isla de Prinkipo y que eran atribuibles a Lucrecio. Irene interrumpió en más de una ocasión la animada charla, y en una de ellas sembró un temeroso silencio entre los presentes y fue memorable la respuesta del Estratego.

—Estoy segura —apuntó la Despoina— que nuestro Estratega pensaba más en los textos del pagano Lucrecio que en el santo sacrificio que por la salvación de su alma celebraba nuestro Patriarca.

—En verdad, Augusta —contestó Alar— que me preocupaba mucho durante la Santa Misa el texto atribuido a Lucrecio, pero precisamente por la semejanza que hay en él con ciertos pasajes de nuestras sagradas escrituras. Sólo el verbo, que da verdad eterna a las palabras, está ausente del latín. Por lo demás, bien pudiera atribuirse su texto a Daniel el Profeta, o al Apóstol Pablo en sus cartas.

La respuesta de Alar tranquilizó a todos y desarmó a Irene, que había hecho la pregunta en buena parte empujada por el Metropolitano Miguel. Pero el Estratega se dio cuenta de cómo su amiga había caído sin remedio en un fanatismo ciego que la llevaría a derramar mucha sangre, comenzando por la de su propia casa.

Y aquí termina la que pudiéramos llamar vida pública de Alar *el Ilirio*. Fue aquella la última vez que estuvo en Bizancio. Hasta su muerte permaneció en el Thema de Lycandos, en la frontera con Siria, y aún se conservan vestigios de su activa y eficaz administración. Levantó numerosas fortalezas para oponer una barrera militar a las invasiones musulmanas. Visitaba de continuo cada uno de estos puestos avanzados, por miserable que fuera y por perdido que estuviera en las áridas rocas o en las abrasadoras arenas del desierto.

Llevaba una vida sencilla de soldado, asistido por sus gentes de confianza, unos caballeros macedónicos, un anciano retórico dorio por el que sentía particular afección a pesar de que no fuera hombre de grandes dotes ni de señalada cultura, un juglar provenzal que se le uniera cuando su visita a Sicilia y su guardia de fieles *kazhares* que sólo a él obedecían y que reclutara en Bulgaria. La elegancia de su atuendo fue cambiando hacia un simple traje militar al cual añadía, los días de revista, el águila bendita de los *stratigoi*.

En su tienda de campaña le acompañaban siempre algunos libros, Horacio infaliblemente, la máscara funeral cretense, obsequio de su hermano y una estatuilla de Hermes Trismegisto, recuerdo de una amiga maltesa, dueña de una casa de placer en Chipre. Sus íntimos se acostumbraron a sus largos silencios, a sus extrañas distracciones y a la severa melancolía que en las tardes se reflejaba en su rostro.

Era evidente el contraste de esta vida del *Ilirio* con la que llevaban los demás estrategas del Imperio. Habitaban suntuosos palacios, haciéndose llamar "Espada de los Apóstoles", "Guardián de la Divina Theotokos", "Predilecto del Cristo". Hacían vistosa ostentación de sus mandatos y vivían con lujo y derroche escandalosos, compartiendo con el Emperador esa hierática lejanía, ese arrogante boato que despertaba en los súbditos de las apartadas provincias, abandonadas al arbitrio de los estrategas, una veneración y un respeto que tenía mucho de sumisión religiosa. Caso único en aquella época fue el de Alar *el Ilirio*, cuyo ejemplo siguieron después los sabios emperadores de la dinastía Comnena, con pingües resultados políticos. Alar vivía entre sus soldados. Escoltado únicamente por los *kazhares* y por el regimiento de caballeros macedónicos, recorría continuamente la frontera de su Thema que limitaba con los dominios del incansable y ávido

Ahmid Kabil, reyezuelo sirio que se mantenía con el botín logrado en las incursiones a las aldeas del Imperio. A veces se aliaba con los turcos en contra de Bizancio y, otras, éstos lo abandonaban en neutral complicidad, para firmar tratados de paz con el Autocrátor.

El Estratega aparecía de improviso en los puestos fortificados y se quedaba allí semanas enteras, revisando la marcha de las construcciones y comprobando la moral de las tropas. Se alojaba en los mismos cuarteles, en donde le separaban una estrecha pieza enjalbegada. Argiros, su ordenanza, le tendía un lecho de pieles que se acostumbró a usar entre los búlgaros. Allí administraba justicia, discutía con arquitectos y constructores y tomaba cuentas a los jefes de la plaza. Tal como había llegado, partía sin decir hacia dónde iba. De su gusto por las ruinas y de su interés por las bellas artes le quedaban algunos vestigios que salían a relucir cuando se trataba de escoger el adorno de un puente, la decoración de la fachada de una fortaleza o de rescatar tesoros de la antigua Grecia que habían caído en poder de los musulmanes. Más de una vez prefirió rescatar el torso de una Venus mutilada o la cabeza de una medusa, a las reliquias de un santo patriarca de la Iglesia de Oriente. No se le conocieron amores o aventuras escandalosas, ni era afecto a las ruidosas bacanales gratas a los demás estrategas. En los primeros tiempos de su mandato solía llevar consigo una joven esclava de Gales que le servía con silenciosa ternura y discreta devoción; y cuando la muchacha murió, en una emboscada en que cayera una parte de su convoy, *el Ilirio* no volvió a llevar mujeres consigo y se contentaba con pasar algunas noches, en los puertos de la costa, con muchachas de las tabernas con las que bromeaba y reía como cualquiera de sus soldados. Conservaba, sí, una solitaria e interior lejanía que despertaba en las jóvenes cierto indefinible temor.

En la gris rutina de esta vida castrense, se fue apagando el antiguo prestigio del *Ilirio* y su vida se fue llenando de grandes sombras a las cuales rara vez aludía, ni permitía que fuesen tema de conversación entre sus allegados. La Corte lo olvidó o poco menos. Murió el Basileus en circunstancias muy extrañas y pocas semanas después Irene se hacía proclamar en Santa Sofía "Gran Basileus y Autocrátor de los Romanos". El Imperio entró de lleno en uno de sus habituales periodos de sordo fanatismo, de rabiosa histeria teológica, y los monjes todopoderosos impusieron el oscuro terror de sus intrigas que llevaban a las víctimas a los subterráneos de las Blanquernas, en donde les eran sacados los ojos, o al Hipódromo, en donde las descuartizaban briosos caballos. Así era pagada la menor tibieza en el servicio del Cristo y de su Divina Hija, Estrella de la Mañana, la Divina Irene. Contra el Estratega nadie se atrevió a alzar la mano. Su prestigio en el ejército era muy sólido, su hermano había sido designado Protosebasta y Gran Maestro de las Escuelas, y la Augusta conocía la natural aversión del *Ilirio* a tomar partido y su escepticismo hacia los salvadores del Imperio, que por entonces surgían a cada instante.

Y fue entonces cuando apareció Ana *la Cretense,* y la vida de Alar cambió de nuevo por completo. Era esta la joven heredera de una rica familia de comerciantes de Cerdeña, los Alesi, establecida desde hacía varias generaciones en Constantinopla. Gozaban de la confianza y el favor de la Emperatriz, a la que ayudaban a menudo con empréstitos considerables, respaldados con la recolección de los impuestos en los puertos bizantinos del Meditarráneo. La muchacha, junto con su hermano mayor, había caído en manos de los piratas berberiscos, cuando regresaban de Cerdeña, en donde poseían vastas propiedades. Irene encomendó al *Ilirio* negociar el rescate de los Alesi con los delegados del Emir, quien amparaba la piratería y cobraba participación en los saqueos.

Pero antes de relatar el encuentro con Ana, es interesante saber cuál era el pensamiento, cuáles las certezas y dudas del Estratega, en el momento de conocer a la mujer que daría a sus últimos días una profunda y nueva felicidad y a su muerte una particular intención y sentido. Existe una carta de Alar a su hermano Andrónico, escrita cuatro días antes de recibir la caravana de los Alesi. Después de comentar algunas nuevas que sobre política exterior del Imperio le relatara su hermano, dice *el Ilirio*:

... y esto me lleva a confiar mi certeza en la nugacidad de ese peligroso compromiso de las mejores virtudes del hombre que es política. Observa con cuánta razón nuestra Basilissa esgrime ahora argumentos para implantar un orden en Bizancio, razón que ella misma hace diez años hubiera rechazado como atentatoria de las leyes del Imperio y grave herejía. Y cuánta gente murió entretanto por pensar como ella piensa hoy. Cuántos ciegos y mutilados por haber hecho pública una fe que hoy es la del Estado. El hombre, en su miserable confusión, levanta con la mente complicadas arquitecturas y cree que aplicándolas con rigor conseguirá poner orden al tumultuoso y caótico latido de su sangre. Nos hemos agarrado las manos en nuestra misma trampa y nada podemos hacer, ni nadie nos pide que hagamos nada. Cualquier resolución que tomemos, irá siempre a perderse en el torrente de las aguas que vienen de sitios muy distantes y se reúnen en el gran desagüe de las alcantarillas para fundirse en la vasta extensión del océano. Podrás pensar que un amargo escepticismo me impide gozar del mundo que gratuitamente nos ha sido dado. No es así, hermano queridísimo. Una gran tranquilidad me visita y cada episodio de mi rutina de gobernante y soldado se me ofrece con una luz nueva y reveladora de insospechadas fuentes de vida. No busco detrás de cada cosa significados remotos o improbables. Trato más bien de rescatar de ella esa presencia que me da la razón de cada día. Como ya sé con certeza total que cualquier comunicación que intentes con el hombre es vana y por completo inútil, que sólo a través de los oscuros caminos de la sangre y de cierta armonía que pervive a todas las formas y dura sobre civilizaciones e imperios podemos salvarnos de la nada, vivo entonces sin engañarme y sin pretender que otros lo hagan por mí ni para mí. Mis soldados me obedecen, porque saben que tengo más experiencia que ellos en este trato diario con la muerte que es la guerra; mis súbditos aceptan mis fallos, porque saben que no los inspira una ley escrita, sino lo que mi natural amor por ellos trata de entender. No tengo ambición alguna, y unos pocos libros, la compañía de los macedónicos, las sutilezes del *Dorio*, los cantos de Alcen *el Provenzal* y el tibio lecho de una hetaira del Líbano colman todas mis esperanzas y propósitos. No estoy en el camino de nadie, ni nadie se atraviesa en el mío. Mato en la batalla sin piedad, pero sin furia. Mato porque quiero que dure lo más posible nuestro Imperio, antes de que los bárbaros lo inunden con su jerga destemplada y su rabioso profeta. Soy un griego, o un romano de Oriente, como quieras, y sé que los bárbaros, así sean latinos, germanos o árabes, vengan de Kiev, de Lutecia, de Bagdad o de Roma, terminarán por borrar nuestro nombre y nuestra raza. Somos los últimos herederos de la Hellas inmortal, única que diera al hombre respuesta valedera a sus preguntas de bastardo. Creo en mi función de Estratega y la cumplo cabalmente, conociendo de antemano que no es mucho lo que se puede hacer, pero que el no hacerlo sería peor que morir. Hemos perdido el camino hace muchos siglos y nos hemos entregado al Cristo sediento de sangre, cuyo sacrificio pesa con injusticia sobre el corazón del hombre y lo hace suspicaz, infeliz y mentiroso. Hemos tapiado todas las salidas y nos engañamos como las fieras se engañan en la oscuridad de las jaulas del circo, creyendo que afuera les espera la selva que añoran dolorosamente. Lo que me cuentas del Embajador del Sacro Imperio Romano me parece ejemplo que ajusta a mis razones y debieras, como Logoteta que eres del Imperio, hacerle ver lo oscuro de sus propósitos y el error de sus ideas, pero esto sería tanto como...

La caravana de los Alesi llegó al anochecer al puesto fortificado de Al Makhir, en donde paraba el Estratega en espera de los rehenes. *El Ilirio* se retiró temprano. Había hecho tres días de camino sin dormir. A la mañana siguiente, después de dar las órdenes para despachar la caballería turca que los había traído, dio audiencia a los rescatados ciudadanos de Bizancio. Entraron en silencio a la pequeña celda del Estratega y no salían de su asombro al ver al Protosebasta de Lycandos, a la Mano Armada del Cristo, al Hijo dilecto de la Augusta, viviendo como un simple oficial, sin tapetes ni joyas, acompañado únicamente de unos cuantos libros. Tendido en su lecho de piel de oso, repasaba unas listas de cuentas cuando entraron los Alesi. Eran cinco y los encabezaba un joven de aspecto serio y abstraído y una muchacha de unos veinte años con un velo sobre el rostro. Los tres restantes eran el médico de la familia, un administrador de la casa en Bari y un tío, higoumeno del Stoudion. Rindieron al Estratega los homenajes debidos a su jerarquía y éste los invitó a tomar asiento. Leyó la lista de los visitantes en voz alta y cada uno de ellos contestó con la fórmula de costumbre: "Griego por la gracia del Cristo y su sangre redentora, siervo de nuestra divina Augusta." La muchacha fue la última en responder y para hacerlo se quitó el velo de la cara. No reparó en ella Alar en el primer momento, y sólo le llamó la atención la reposada seriedad de su voz que no correspondía con su edad.

Les hizo algunas preguntas de cortesía, averiguó por el viaje y al higoumeno le habló largo rato sobre su amigo Andrés a quien aquél conocía superficialmente. A las preguntas que Alar hiciera a la muchacha, ella contestó con detalles que indicaban una clara inteligencia y un agudo sentido crítico. El Estratega se fue interesando en la charla y la audiencia se prolongó por varias horas. Siguiendo alguna observación del hermano sobre el esplendor de la corte del Emir, la muchacha preguntó al Estratega:

—Si has renunciado al lujo que impone tu cargo, debemos pensar que eres hombre de profunda religiosidad, pues llevas una vida al parecer monacal.

Alar se la quedó mirando y las palabras de la pregunta se le escapaban a medida que le dominaba el asombro ante cierta secreta armonía, de sabor muy antiguo, que se descubría en los rasgos de la joven. Algo que estaba también en la máscara cretense, mezclado con cierta impresión de salud ultraterrena que da esa permanencia, a través de los siglos, de la interrelación de ojos y boca, nariz y frente y la plenitud de formas propias de ciertos pueblos del Levante. Una sonrisa de la muchacha le trajo de nuevo al presente y contestó:

—Conviene más a mi carácter que a mis convicciones religiosas este género de vida. Por mi parte, lamento no poder ofrecerles mejor alojamiento.

Y así fue como Alar conoció a Ana Alesi, a la que llamó después *la Cretense* y a quien amó hasta su último día y guardó a su lado durante los postreros años de su gobierno en Lycandos. El Estratega halló razones para ir demorando el viaje de los Alesi y, después, pretextando la inseguridad de las costas, dejó a Ana consigo y envió a los demás por tierra, viaje que hubiera resultado en extremo penoso para la joven.

Ana aceptó gustosa la medida, pues ya sentía hacia *el Ilirio* el amor y la profunda lealtad que le guardara toda la vida. Al llegar a Bizancio, el joven Alesi se quejó ante la Emperatriz por la conducta de Alar. Irene intervino a través de Andrónico para amonestar al Estratega y exigirle el regreso inmediato de Ana. Alar contestó a su hermano en una carta, que también figura en los archivos del Concilio y que nos da muchas luces sobre su historia y sobre las razones que lo unieron a Ana. Dice así:

En relación con Ana deseo explicarte lo sucedido para que, tal como te lo cuento, se lo hagas saber a la Augusta. Tengo demasiada devoción y lealtad por ella para que, en medio de tanto conspirador y tanto traidor que la rodea, me distinga, precisamente a mí, con su injusto enojo.

Ana es, hoy, todo lo que me ata al mundo. Si no fuera por ella, hace mucho tiempo que hubiera dejado mis huesos en cualquier emboscada nocturna. Tú lo sabes mejor que nadie y como nadie entiendes mis razones. Al principio, cuando apenas la conocía, en verdad pretexté ciertos motivos de seguridad para guardarla a mi lado. Después se fue uniendo cada vez más a mi vida y hoy el mundo se sostiene para mí a través de su piel, de su aroma, de sus palabras, de su amable compañía en el lecho y de la forma como comprende, con clarividencia hermosísima, las verdades, las certezas que he ido conquistando en mi retiro del mundo y de sus sórdidas argucias cortesanas. Con ella he llegado a apresar, al fin, una verdad suficiente para vivir cada día. La verdad de su tibio cuerpo, la verdad de su voz velada y fiel, la verdad de sus grandes ojos asombrados y leales. Como esto es muy parecido al razonamiento de un adolescente enamorado, es probable que en la Corte no lo entiendan. Pero yo sé que la Augusta sabrá cuál es el particular sentido de mi conducta. Ella me conoce hace muchos años y en el fondo de su alma cristiana de hoy reposa, escondida, la aguda ateniense que fuera mi leal amiga y protectora.

Como sé cuán deleznable y débil es todo intento humano de prolongar, contra todos y contra todo, una relación como la que me une a Ana, si la Despoina insiste en ordenar su regreso a Constantinopla no moveré un dedo para impedirlo. Pero allí habrá terminado para mí todo interés en seguir sirviendo a quien tan torpemente me lastima.

Andrónico comunicó a Irene la respuesta de su hermano. La Emperatriz se conmovió con las palabras del *Ilirio* y prometió olvidar el asunto. En efecto, dos años permaneció Ana al lado de Alar, recorriendo con él todos los puestos y ciudades de la frontera y descansando, en el estío, en un escondido puerto de la costa en donde un amigo veneciano había obsequiado al Estratega una pequeña casa de recreo. Pero los Alesi no se daban por vencidos y con ocasión de un empréstito que negociaba Irene con algunos comerciantes genoveses, la casa respaldó la deuda con su firma y la Basilissa se vio obligada a intervenir en forma definitiva, si bien contra su voluntad, ordenando el regreso de Ana. La pareja recibió al mensajero de Irene y conferenciaron con él casi toda la noche. Al día siguiente, Ana *la Cretense* se embarcaba para Constantinopla y Alar volvía a la capital de su provincia. Quienes estaban presentes no pudieron menos de sorprenderse ante la serenidad con que se dijeron adiós. Todos conocían la profunda adhesión del Estratega a la muchacha y la forma como hacía depender de ella hasta el más mínimo acto de su vida. Sus íntimos amigos, empero, no se extrañaron de la tranquilidad del *Ilirio*, pues conocían muy bien su pensamiento. Sabían que un fatalismo lúcido, de raíces muy hondas, le hacía aparecer indiferente en los momentos más críticos.

Alar no volvió a mencionar el nombre de *la Cretense*. Guardaba consigo algunos objetos suyos y unas cartas que le escribiera cuando se ausentó para hacerse cargo del aprovisionamiento y preparación militar de la flota anclada en Malta. Conservaba también un arete que olvidó la muchacha en el lecho, la primera vez que durmieron juntos en la fortaleza de San Esteban Damasceno.

Un día citó a sus oficiales a una audiencia. El Estratega les comunicó sus propósitos en las siguientes palabras:

Ahmid Kabil ha reunido todas sus fuerzas y prepara una incursión sin precedentes contra nuestras provincias. Pero esta vez cuenta, si no con el apoyo, sí con la vigilante imparcialidad del Emir. Si penetramos por sorpresa en Siria y alcanzamos a Kabil en sus cuarteles, donde ahora prepara sus fuerzas, la victoria estará seguramente a nuestro favor. Pero una vez terminemos con él, el Emir seguramente violará su neutralidad y se echará sobre nosotros, sabiéndonos lejos de nuestros cuarteles e imposibilitados de recibir ninguna ayuda. Mora bien, mi plan consiste en pedir refuerzos a Bizancio y traerlos aquí en sigilo para reforzar las ciudadelas de la frontera en donde quedarán la mitad de nuestras tropas.

Cuando el Emir haya terminado con nosotros, sería loco pensar lo contrario, pues vamos a luchar cincuenta contra uno, se volverá sobre la frontera e irá a estrellarse con una resistencia mucho más poderosa de la que sospecha y entonces será él quien esté lejos de sus cuarteles y será copado por los nuestros.

Habremos eliminado así dos peligrosos enemigos del Imperio con el sacrificio de algunos de nosotros. Contra el reglamento, no quiero esta vez designar los jefes y soldados que deban quedarse y los que quieran internarse conmigo. Escojan ustedes libremente y mañana, al alba, me comunican su decisión. Una cosa quiero que sepan con certeza: los que vayan conmigo para terminar con Kabil no tienen ninguna posibilidad de regresar vivos. El Emir espera cualquier descuido nuestro para atacarnos y ésta será para él una ocasión única que aprovechará sin cuartel. Los que se queden para unirse a los refuerzos que hemos pedido, a nuestra Despoina formarán a la izquierda del patio de armas y los que hayan decidido acompañarme lo harán a la derecha. Es todo.

Se dice que era tal la adhesión que sus gentes tenían por Alar, que los oficiales optaron por sortear entre ellos el quedarse o partir con el Estratega, pues ninguno quería abandonarlo. A la mañana siguiente, Alar pasó revista a su ejército, arengó a los que se quedaban para defender la frontera del Imperio y sus palabras fueron recibidas con lágrimas por muchos de ellos. A quienes se le unieron para internarse en el desierto, les ordenó congregar las tropas en un lugar de la Siria Mardaíta. Dos semanas después, se reunieron allí cerca de cuarenta mil soldados que, al mando personal del *Ilirio*, penetraron en las áridas montañas de Asia Menor.

La campaña de Alar está descrita con escrupuloso detalle en las *Relaciones Militares* de Alejo Comneno, documento inapreciable para conocer la vida militar de aquella época y penetrar en las causas que hicieron posible, siglos más tarde, la destrucción del Imperio por los turcos. Alar no se había equivocado. Una vez derrotado el escurridizo Ahmid Kabil, con muy pocas bajas en las filas griegas, regresó hacia su Thema a marchas forzadas. En la mitad del camino su columna fue sorprendida por una avalancha de jenízaros e infantería turca que se le pegó a los talones sin soltar la presa. Había dividido sus tropas en tres grupos que avanzaban en abanico hacia lugares diferentes del territorio bizantino, con el fin de impedir la total aniquilación del ejército que había penetrado en Siria. Los turcos cayeron en la trampa y se aferraron a la columna de la extrema izquierda comandada por el Estratega, creyendo que se trataba del grueso del ejército. Acosado día y noche por crecientes masas de musulmanes, Alar ordenó detenerse en el oasis de Kazheb y allí hacer frente al enemigo. Formaron en cuadro, según la tradición bizantina, y comenzó el asedio por parte de los turcos. Mientras las otras dos columnas volvían intactas al Imperio e iban a unirse a los defensores de los puestos avanzados, las gentes de Alar iban siendo copadas por las flechas musulmanas. Al cuarto día de sitio, Alar resolvió intentar una salida nocturna y por la mañana atacar a los sitiadores desde la retaguardia. Había la posibilidad de ahuyentarlos, haciéndoles creer que se trataba de refuerzos enviados de Lycandos. Reunió a los macedónicos y a dos regimientos de búlgaros y les propuso la salida. Todos aceptaron serenamente y a medianoche se escurrieron por las frescas arenas que se extendían hasta el horizonte. Sin alertar a los turcos, cruzaron sus líneas y fueron a esconderse en una hondonada en espera del alba. Por desgracia para los griegos, a la mañana siguiente todo el grueso de las tropas del Emir llegaba al lugar del combate. Al primer claror de la mañana una lluvia de flechas les anunció su fin. Una vasta marea de infantes y jenízaros se extendía por todas partes rodeando la hondonada. No tenían siquiera la posibilidad de luchar cuerpo a cuerpo con los turcos; tal era la barrera impenetrable que formaban las flechas disparadas por éstos. Los macedónicos atacaron enloquecidos y fueron aniquilados en pocos minutos por las cimitarras de los jenízaros. Unos cuantos húngaros y la guardia personal del Estratega rodearon a Alar que miraba impasible la carnicería.

La primera flecha le atravesó la espalda y le salió por el pecho a la altura de las últimas costillas. Antes de perder por completo sus fuerzas, apuntó a un mahdi que desde su caballo se divertía en matar búlgaros con su arco y le lanzó la espada pasándolo de parte a parte. Un segundo flechazo le atravesó la garganta. Comenzó a perder sangre rápidamente, y envolviéndose en su capa se dejó caer al suelo con una vaga sonrisa en el rostro. Los fanáticos búlgaros cantaban himnos religiosos y salmos de alabanza a Cristo, con esa fe ciega y ferviente de los recién convertidos. Por entre las monótonas voces de los mártires comenzó a llegarle la muerte al Estratega.

Una gozosa confirmación de sus razones le vino de repente. En verdad, con el nacimiento caemos en una trampa sin salida. Todo esfuerzo de la razón, la especiosa red de las religiones, la débil y perecedera fe del hombre en potencias que le son ajenas o que él inventa, el torpe avance de la historia, las convicciones políticas, los sistemas de griegos y romanos para conducir el Estado, todo le pareció un necio juego de niños. Y ante el vacío que avanzaba hacia él a medida que su sangre se escapaba, buscó una razón para haber vivido, algo que le hiciera valedera la serena aceptación de su nada, y de pronto, como un golpe de sangre más que le subiera, el recuerdo de Ana *la Cretense* le fue llenando de sentido toda la historia de su vida sobre la tierra. El delicado tejido azul de las venas en sus blancos pechos, un abrirse de las pupilas con asombro y ternura, un suave ceñirse a su piel para velar su sueño, las dos respiraciones jadeando entre tantas noches, como un mar palpitando eternamente; sus manos seguras, blancas, sus dedos firmes y sus uñas en forma de almendra, su manera de escucharle, su andar, el recuerdo de cada palabra suya, se alzaron para decirle al Estratega que su vida no había sido en vano, que nada podemos pedir, a no ser la secreta armonía que nos une pasajeramente con ese gran misterio de los otros seres y nos permite andar acompañados una parte del camino. La armonía perdurable de un cuerpo y, a través de ella, el solitario grito de otro ser que ha buscado comunicarse con quien ama y lo ha logrado, así sea imperfecta y vagamente, le bastaron para entrar en la muerte con una gran dicha que se confundía con la sangre manando a borbotones. Un último flechazo lo clavó en la tierra atravesándole el corazón. Para entonces, ya era presa de esa desordenada alegría, tan esquiva, de quien se sabe dueño del ilusorio vacío de la muerte.

LA MUERTE DEL ESTRATEGA

Y TRES CONVERSACIONES CON JULIÁN MEZA

SE TERMINÓ DE IMPRIMIR EN
NOVIEMBRE DE 2007 EN LOS
TALLERES DE GRUPO FOGRA, EN LA
CIUDAD DE MÉXICO. PARA SU
COMPOSICIÓN SE USARON LOS
TIPOS DE LA FAMILIA DIDOT.